EL PRECIO DE LA INOCENCIA

SUSAN STEPHENS

HARLEQUIN™

Editado por Harlequin Ibérica.
Una división de HarperCollins Ibérica, S.A.
Núñez de Balboa, 56
28001 Madrid

© 2005 Susan Stephens
© 2016 Harlequin Ibérica, una división de HarperCollins Ibérica, S.A.
El precio de la inocencia, n.º 2470 - 1.6.16
Título original: Virgin for Sale
Publicada originalmente por Mills & Boon®, Ltd., Londres.
Este título fue publicado originalmente en español en 2007

I.S.B.N.: 978-84-687-7882-2
Depósito legal: M-8904-2016
Impresión en CPI (Barcelona)
Fecha impresion para Argentina: 28.11.16
Distribuidor exclusivo para España: LOGISTA
Distribuidores para México: CODIPLYRSA y Despacho Flores
Distribuidores para Argentina: Interior, DGP, S.A. Alvarado 2118.
Cap. Fed./Buenos Aires y Gran Buenos Aires, VACCARO HNOS.

The Warrender Saga

The most frequently requested Harlequin Romance series

Complete and mail this coupon today!

Prólogo

TIENES que irte antes de que vengan a por ti...
La mano de su madre golpeaba los hombros de Lisa haciéndole llorar; lágrimas silenciosas que resbalaban por sus mejillas mientras su mirada permanecía fija en el rostro de su madre.

—Tienes que irte a la ciudad con tu padre.

—¿Mi padre? —la cara de Lisa reflejaba miedo.

Eso fue lo más impactante para su madre, porque la niña a la que ella llamaba Willow hacía mucho tiempo que había aprendido a controlar sus sentimientos. Lisa recuperó el control rápidamente. Odiaba dejar caer la máscara. Solo se sentía segura cuando nadie sabía lo que estaba pensando. La máscara era el escudo que utilizaba para defenderse en la peligrosa sociedad en la que vivía, un lugar donde una mirada descuidada o una risa imprudente podía ser la causa de un humillante castigo delante de toda la comunidad. Pero aunque le asustaba su cruel «familia», Lisa tenía más miedo de dejar a su madre a su merced. Temía a su padre también porque era un extraño del que su madre había huido hacía siete años. ¿Sería su padre malo? ¿Sería por eso por lo que su madre se había apartado de él? ¿Sería peor que aquello?

Lisa miró asustada la puerta abierta. Nadie tenía permiso para cerrar puertas en la comunidad.

—Por favor, Willow, debes irte antes de que lleguen.

La voz de su madre tenía el tono desesperado que ella asociaba con cosas horribles y sus en otro tiempo bellos ojos estaban llorosos e inyectados en sangre.

–Por favor, Willow...

–No me llames Willow. Mi nombre es Lisa... Lisa Bond.

Al escuchar los sollozos de su madre, Lisa deseó no haber sido la causa de ellos y saber cómo hacer que volviera a sonreír. Pero solo podía quedarse detrás de las barreras que había levantado en su mente y mirarla llorar.

–Tengo algo de dinero de la caja del mercado.

Lisa miró horrorizada cómo su madre buscaba en el bolsillo de la bata.

–Pero eso es robar a la comunidad, te castigarán...

–Si me quieres, tomarás este dinero y te irás de aquí.

Las monedas le hacían daño en la palma de la mano.

–Vendrás conmigo... –dijo a su madre.

–¿Ir contigo?

Por un momento los ojos de su madre brillaron, pero entonces las dos oyeron las voces acercándose... voces de hombre.

–Baja por esa ventana –ordenó Eloísa con fuerza en la voz por primera vez en su vida–. Y no dejes de correr hasta que llegues a la terminal de autobuses. Aquí tienes la dirección de tu padre –dijo deslizando un papel en la mano de Lisa.

–¿Y qué pasa contigo?

–Yo... les entretendré hasta que estés lo bastante lejos.

Intercambiaron una mirada. No había tiempo para más. El jefe de la comuna había comunicado que Lisa empezaría a ser una mujer esa noche tras la cena. Sería una diversión para todos.

–Me llamo Lisa Bond. Me llamo Lisa Bond. Me llamo Lisa Bond –se repetía Lisa mientras se lanzaba corriendo calle abajo.

Era la única forma de bloquear la voz interior que le decía que volviera a la comuna y salvara a su madre.

Otra voz, más racional, insistía en que si volvía le causaría más sufrimiento.

Cuando vio las luces de la pequeña terminal de autobuses, aceleró el ritmo y saltó dentro del último autobús que salía para la ciudad. No había transporte en la comuna. Sabía que no podrían alcanzarla. Al menos, ella, estaba a salvo...

El conductor del autobús aceptó su dinero sin hacer ninguna pregunta. Si se hubiera sentido tentado a preguntar algo a la sucia niña que arrugaba un papel en un puño, algo en el gesto de su boca le hubiera advertido de que era mejor no inmiscuirse en su silencio.

Mientras Lisa miraba a la oscuridad estuvo segura de que su madre le hubiera urgido a mirar hacia el futuro. Y, en ese momento, tuvo la certeza de que alguien, una persona llamada Lisa Bond, todavía existía. Encontraría a esa persona y la nutriría como el semillero que había cuidado en su parcela secreta en el erial que la comunidad llamaba jardín. Lo había protegido con fiereza y controlado la maleza. Sus plantas se habían desarrollado. Lo mismo haría ella.

Capítulo 1

ESTÁ aquí...
Constantino Zagorakis no movió ni un músculo en respuesta al susurro de su ayudante, aunque sus ojos se oscurecieron ligeramente cuando Lisa Bond entró en la sala. El ascenso de esa mujer a un puesto de poder en Bond Steel le favorecía. Su padre, Jack Bond, tenía un carácter difícil, hacer negocios con la hija de Jack parecía algo más sencillo. Lisa Bond tenía reputación de dura. Tenía que serlo para haber ocupado el puesto de su padre cuando este murió. Dura o no, era una mujer... y las mujeres eran víctimas de sus emociones, algo que podía darle una ventaja.

Un aire de confianza en sí misma envolvía a la presidenta de Bond Steel cuando entró seguida de sus directores en la sala de juntas. Sus maneras resultaban retadoras. Lisa Bond no solo bailaría al son que él tocara, sino que, cuando acabara con ella, también cantaría.

Lisa había tenido la peor infancia posible, su juventud había sido frustrante y, a pesar de ello, había salido adelante. De todos modos él no hacía concesiones. Solo había dos mujeres en el mundo en las que pudiera confiar y Lisa Bond no era ninguna de las dos.

Bond era una mujer con historia. Antes que con su padre, había vivido con su madre en un lugar sin reglas ni límites. Podía parecer de hielo cuando quería, pero por debajo tenía que haber un espíritu intentando salir a la luz. Él liberaría ese espíritu y añadiría su empresa a su cartera por un precio de saldo. En lo tocante a los negocios, no tenía escrúpulos. Acabar con su oposición era el primer objetivo de Constantino.

Como cualquier depredador, Tino sintió el cambio en el aire según Lisa Bond se acercaba hasta él, lo mismo que el olor de la fresca fragancia que llevaba. Menuda, con buen talle, llevaba un traje sastre negro con intención de impresionar. Era más guapa de lo que sugerían las fotografías, con un brillante pelo castaño recogido en un impecable moño. Las mujeres hermosas habitualmente utilizaban su belleza como un instrumento para desarmarlo, pero Lisa Bond era diferente, y no solo porque tuviera los ojos verdes más impresionantes que hubiera visto nunca. Tenía algo más... El resultado sería el mismo. Tomaría lo que quería y se marcharía. Una mujer le había traicionado cuando nació, solo dos se habían ganado su confianza hasta ese momento; no iba a haber más.

Los periódicos y las revistas de negocios decían que Bond había sido bendecida con los atributos de un macho dominante mezclados con la astucia de una mujer. La tentadora visión de sus pechos concedía alguna credibilidad a los rumores. ¿Había olvidado abrocharse un botón? ¿O la exposición de su exuberante curva era fruto de algún frío cálculo? Fuera lo que fuera, tenía el inevitable deber de ponerla de rodillas.

Tino no dedicó más de un segundo a sus valoraciones. Pasara lo que pasara en la reunión, tenía que encontrar la llave que abriera el lugar donde se ocultaban los más oscuros secretos de Bond Steel. Todas las empresas los tenían. Junto a su gente analizaría cuidadosamente los informes hasta que descubriera dónde estaban. Esa «negociación» era simplemente una cortesía, un gesto que no significaba nada. En cuanto descubriera el talón de Aquiles de Bond Steel, golpearía.

En el papel de gracioso vencedor, podría salvar el puesto de la señorita Bond, o no. Dependería de lo que ella cooperara. Lo único cierto era que añadiría otro valor a Zagorakis International.

Mientras todo eso sucedía, Lisa llegaba a algunas rápidas conclusiones, a pesar de que era difícil pensar racionalmente cuando aún tenía el vello erizado por la inesperada llegada de Constantino Zagorakis. Su agenda estaba ajustada al milímetro y no le gustaba alterarla. La reunión con Zagorakis Inc se había programado para más tarde esa mañana. Ella tenía algo que vender; Zagorakis Inc siempre tenía ofertas que hacer, pero nadie había esperado a Zagorakis en persona.

Lisa casi ni había tenido oportunidad de sentarse a su mesa antes de que su asistente personal, Mike, le advirtiera de quién estaba en el edificio. Hombres hechos y derechos se estaban comportando como chiquillos nerviosos con el solo anuncio de su presencia. Afortunadamente, la especialidad de Lisa era apagar incendios.

Zagorakis Inc había hecho una oferta por una de las filiales de Bond Steel, una empresa de pequeña maquinaria que había dado buenos resultados en el pasado. La empresa ya no se ajustaba a su visión estratégica del núcleo de la corporación y la inyección de dinero resultante de la venta podía salvar Bond Steel.

Los negocios familiares habían perdido el favor de la City y el precio de las acciones de Bond Steel había caído en picado. La situación era crítica. No había más ofertas serias y si no cerraba el trato con Zagorakis se arriesgaba a perder Bond Steel, arruinar la vida de quienes trabajaban para ella, y afrontar una humillación que haría retroceder unos cien años la causa de las mujeres en los negocios. Todo eso se jugaba en ese trato.

Zagorakis Inc tenía dinero y lo movía deprisa, lo que

a ella le beneficiaba. Pero eso no explicaba por qué Constantino Zagorakis se tomaba un interés personal en el asunto. ¿Por qué había un depredador de nivel mundial husmeando por allí? ¿Porque quería Bond Steel entero? Eso era lo que le decía su olfato.

Cuando lo vio mirándola, los rumores que había oído sobre él le vinieron a la mente: le gustaba ver con sus propios ojos la presa antes de devorarla. Se había reído, pero en ese momento no parecía muy divertido. Sentía el efecto Zagorakis. Era como una enorme fuente de energía que atraía la atención de todo el mundo. Un típico magnate: despiadado, determinado y sin corazón. Tampoco ella era un merengue, lo que explicaba la agitación en el edificio. Era un combate que nadie quería perderse.

Un sexto sentido le decía que ella nunca se sentaba en la cabecera de la mesa, sino en el medio de su equipo. Tino decidió quedarse de pie detrás de la silla de ella como si ya estuviera pensando en ocupar su puesto. Y mandó a uno de sus secuaces a la rara vez usada silla de presidencia en la cabecera de la mesa.

—Buenos días, caballeros —saludó Lisa. No necesitaba levantar la voz para atraer la atención.

Zagorakis enviaba señales sexuales con cada movimiento. Mientras el cuerpo de ella la traicionaba mostrando cómo deseaba probar esa masculinidad de alta graduación. Pero eso no podía ser. Tenía que mantener el control.

Tino se dio cuenta inmediatamente de la sombra que ocultaba la mirada de Lisa. Había esperado una mirada retadora o de otro tipo más salvaje. Una mirada sumisa le desagradaba. La caza no era limpia si la presa ya estaba herida.

Lisa se recompuso y se relajó. Era peligroso permitir que Zagorakis se diera cuenta de lo afectada que estaba, pero algo en él le recordaba el pasado...

Era su presencia, su fuerza, su irresistible fuerza física. Sí, era eso. Sacudió la cabeza con un gesto rápido e instintivo, para cerrar el paso a unos recuerdos que estaban mejor encerrados. Pero durante unos pocos segundos la vieja película se reprodujo en su cabeza. El líder de la comuna era poderoso, había sido un hombre diabólico que se había ido haciendo cada vez más fuerte gracias a la inseguridad de su rebaño. Había sido una desgracia para Lisa atraer su atención cuando su cuerpo empezó a desarrollarse antes que el de las otras niñas, y siempre había estado agradecida a su madre por haberla ayudado a escapar antes de tener que someterse a la obscena ceremonia que habían pensado especialmente para ella.

Echó una mirada rápida a su alrededor para comprobar que nadie había notado su paseo por el pasado. Nadie lo había notado, estaban todos demasiado ocupados preparándose para la reunión. Ya podía sentir la sangre que volvía a correr libre por sus venas otra vez. El pasado siempre estaría ahí, con ella, reflexionó Lisa. Y gracias, porque le hacía ser cautelosa.

–Señorita Bond.

Volvió en sí de repente. Zagorakis le ofrecía la mano mientras ella lo único que podía pensar era en lo amenazante que parecía. Pensó en su padre, recordó que su autocontrol se había demostrado mucho más eficaz para él que para su joven esposa, provocando que su madre huyera de los cafés de por la mañana hacia la promesa de libertad que significaba la comuna. Su padre podía haber sido el pilar de cualquier comité de caridad en la zona, pero había sido incapaz de ver cómo la frágil mente de su madre se desmoronaba delante de él...

–Voy a ser un espíritu libre –había dicho su madre, recordaba Lisa mientras pensaba en su agitada huida de la comuna. Lo único que era libre en la comuna era el permiso de los hombres para mantener relaciones sexuales cuando y con quien quisieran. Las mujeres trabajaban mientras los hombres bebían hasta perder la consciencia, recuperándose solo para el siguiente apareamiento. En opinión de Lisa, su madre solo había cambiado una esclavitud por otra. Afortunadamente, algo así nunca le ocurriría a ella, había tomado el control de su vida cuando había escapado de la comuna y nadie iba a quitárselo.

Cuando Zagorakis le estrechó la mano, sintió una sacudida correr por su brazo. Había pensado que era fuerte, pero no tenía ni idea hasta ese momento de lo poderoso que era. Tocarle era como acariciar a un león dormido. Tenía la tranquilidad de un depredador dispuesto a saltar en cualquier momento.

–Es un placer conocerle –dijo Lisa, pero los dos sabían que era una mera cortesía.

El único placer para cualquiera de los dos sería un trato que inclinara la balanza a su favor.

La mirada de Zagorakis era tan dura como la suya. Le hubiera gustado saber algo más sobre él antes de la reunión, pero era un hombre oscuro y misterioso, un hombre que vivía tras un muro de secretismo. Nunca circulaban rumores sobre él. Aparentemente era Don Limpio, sin familia conocida, sin vida sexual, sin vida fuera de su formidable imperio económico.

Con treinta y cinco años, dirigía una de las mayores corporaciones del mundo. Devorar empresas era su forma de crecer. Pero ese era un negocio que se le iba a atragantar, porque Bond Steel no estaba en venta y ella tampoco, pensó Lisa apretando las mandíbulas mientras le sostenía la mirada.

–¿Nos sentamos, caballeros?

Zagorakis le acercó la silla como un perfecto caballero. Había notado lo territorial que era ella.

–Gracias, señor Zagorakis –dijo sentándose.

–Por favor, llámeme Tino.

–¿Quiere sentarse enfrente de mí? –dijo Lisa señalando un lugar en la mesa, ignorando su intento de rebajar la formalidad.

No quería sentarse enfrente de él, pero era mejor, más seguro tenerlo a la vista todo el tiempo, así podría detectar cualquier gesto que hiciera a su gente. También le permitía estudiarlo. Su elección de ropa era casi un insulto: una chaqueta informal, pantalones vaqueros y una camisa negra con el cuello abierto, aunque todo era de diseño. Su espeso pelo negro era demasiado largo, y llevaba barba de por lo menos un día.

Le dio un vuelco el estómago cuando sus ojos se encontraron con los de él. No le gustó su expresión. Desde un punto de vista estético, los ojos eran agradables. Negros como la boca del lobo, con largas pestañas. Ésa era una expedición de exploración para Tino Zagorakis, no estaba interesado en su empresa de maquinaria, estaba investigando la vulnerabilidad de la compañía matriz, Bond Steel. Estaba comprobando su propia vulnerabilidad, pensó Lisa.

Lisa estaba acostumbrada a tener cazaempresas husmeando alrededor. Todos pensaban lo mismo: una mujer era una presa fácil, ese era su error. Los hombres de negocios que normalmente trataba tenían la palidez de la sala de juntas y grasa de más. Y así se había imaginado a Zagorakis: bajo, regordete, más feo... un modelo en joven de los llorones magnates de las navieras. Pero Tino Zagorakis no era ninguna de esas cosas.

Tenía que obviar su impresionante envoltorio y centrar la mente en lo de dentro. La reputación de Bond Steel estaba en la línea de fuego, por no mencionar la suya propia, y por el modo tan informal de aproximarse, se daba cuenta de que Zagorakis pensaba que el negocio tenía un resultado inevitable. Ni siquiera se había preocupado de afeitarse o vestirse de modo apropiado.

La reunión entre Bond Steel y Zagorakis Inc se desarrolló como un amable partido de tenis. Mientras tanto Lisa se concentraba en lo que sucedía por debajo: Zagorakis había localizado una empresa que pensaba que encajaría bien en la suya; la pequeña parte que ella estaba dispuesta a vender no le interesaba. La quería toda.

Cuando hicieron una pausa en la conversación, él se levantó. Era casi mediodía.

–¿Se va tan pronto? He encargado que pusieran algo de comer en la sala de al lado. Creo que podríamos ajustar los últimos detalles –a él no le interesaba charlar con los canapés y era el momento de romper el hechizo–. No hemos terminado, señor Zagorakis.

–Yo sí.

Lisa sintió como si la sangre se le retirara de la cara. No estaba acostumbrada a que la miraran como lo estaba haciendo Zagorakis. No estaba acostumbrada a que nadie le llevara la contraria. Ella ponía las reglas. Pero Tino Zagorakis había dejado claro que con él eso no iba. Iba a hacer lo que le apeteciera y ella no podía evitarlo. Bond Steel solo era un aperitivo... la empresa, la gente que trabajaba en ella no importaban.

–Lo lamento, tengo otro compromiso –dijo sosteniéndole la mirada.

Lisa no creía que lo lamentara. Ese tono profundo de voz lo había elegido para que pareciera que había algún tipo de entendimiento entre ellos, casi intimidad. Eso hacía que se sintiera incómoda, además tenía que incomodar a su equipo, tenían que estarse preguntando qué estaba pasando. Zagorakis estaba intentando minar su autoridad. Empujó la silla y se levantó para encararlo. No iba a dejar que Bond Steel fuera absorbida por un magnate hambriento, alguien que pensaba que su empresa eran solo números. Y si Zagorakis se había bajado de su torre de marfil para relacionarse con ella y había pensado que no era peligrosa, había calculado mal. Defendería Bond Steel hasta el final.

Después de su experiencia en la comuna, Bond Steel había sido su salvación. Mientras otras adolescentes deseaban libertad, ella ansiaba disciplina y normas para poder dormir segura. Jack Bond se lo había dado. Le había proporcionado un marco dentro del que se había sentido segura. Cuando había vuelto a casa no le había importado que su padre no mostrara ningún favoritismo por ella. Nunca lo había esperado. Jack Bond siempre había querido un hijo y ella aceptó eso también. Había empezado en la empresa de su padre desde abajo. Cuando él murió, había ocupado su puesto gracias solo a su esfuerzo. Para entonces había descubierto el secreto del éxito: trabajo duro y saber elegir los objetivos. Jack Bond nunca había permitido que pérdidas de tiempo como las emociones, se interpusieran en su camino.

–Señorita Bond, parece distraída.

Esos ojos, esos increíbles ojos negros, bailaban de risa. Lisa apretó los puños.

–En absoluto, señor Zagorakis –le dirigió una mirada de despedida–. Como su decisión de asistir a esta reunión ha sido claramente algo de última hora, no le retendré. Estoy segura de que nuestra gente podrá arreglar otra reunión por si quedan temas pendientes.

–¿Digamos que cenamos a las nueve para discutir esos destacados temas pendientes?

Lisa se ruborizó. Estaba segura de que había doble intención. A pesar de su complexión delgada, sus pechos siempre habían sido su característica más «destacada». Y, en ese momento, los pezones se habían endurecido como balas, lo que, por la expresión de los ojos de Zagorakis, sabía que este había notado.

–Mandaré a mi chófer a recogerla a su apartamento sobre las nueve...

–No –antes de que pudiera decir más, Lisa se encontró en la puerta–. Caballeros, se terminó la reunión –dijo recobrando el control–. Mañana por la mañana a las diez me vendría bien conocer la respuesta. Arréglalo, Mike, por favor.

Esa noche, a las nueve, Lisa estaba en el sofá del ático que ella llamaba su hogar. A pesar de acabar de tomar un baño estaba cualquier cosa menos relajada. Llevaba su albornoz favorito, tenía la música baja, una copa de buen borgoña encima de la mesa y un libro recién empezado. Había leído la primera página tres veces y todavía no tenía claro lo que decía.

Sabía que el chófer de Zagorakis llamaría, pero se cerró aún más el albornoz cuando sonó el timbre. Por suerte Vera se ocuparía de todo. Vera, su confidente y ama de llaves, sabía exactamente lo que tenía que hacer.

Exactamente, como Lisa había previsto, la conversación entre Vera y el chófer de Zagorakis duró unos segundos. Con un suspiro de alivio, volvió al libro. Pero no conseguía tranquilizarse. Probó a cambiar de música. Siempre encontraba algo entre su enorme colección de discos... Pero esa noche era diferente, esa noche tenía que hacer esfuerzos para evitar que sus dedos se detuvieran en las cajas de la colección *La divina Callas*. La apasionada voz de la greco americana Maria Anna Sophie Cecilia Kalogeropoulos era lo último que necesitaba escuchar. Cualquier cosa remotamente griega estaba fuera de los límites. Finalmente se decantó por un jazz blandengue. El gemido de la trompeta de Miles Davis parecía apropiado.

Cuando el timbre sonó de nuevo, primero se sobresaltó y después se enfadó. Zagorakis era un descarado enviando dos veces a su chófer la misma noche.

Vera abrió la puerta, pero la curiosidad pudo a Lisa. La audacia de ese hombre era increíble. Su imprevista visita a las oficinas ya había estado mal, pero eso era insultante, y Vera tenía problemas para deshacerse de él.

—Gracias, Vera, ya me ocupo yo —Lisa no podía negar que se sentía agradecida de que Vera permaneciera en el rellano–. ¿Sí? –lo miró fijamente.

Tino Zagorakis estaba más informalmente vestido y, si cabe, más descaradamente masculino.

–Habíamos quedado para cenar esta noche.

–Usted ha quedado para cenar esta noche, señor Zagorakis.

–Es hora de que me llame Tino.

–Es tarde...

–Exactamente –dijo él–. Y como señalaste, Lisa, todavía tenemos cosas de que hablar.

¿Lisa? ¿Cuándo le había dado permiso para que la llamara por su nombre? Primera regla de supervivencia de Jack Bond: «Mantén a todo el mundo a distancia». A todos... Se relajó un momento. Llevaba un maletín. Por supuesto, Zagorakis era un hombre al que importaban más los negocios que sus apetitos carnales, pero ella ya había fijado la reunión para la mañana siguiente. No tenía intención de dejarse arrollar dos veces el mismo día.

–Los negocios tendrán que esperar hasta que nuestros equipos estén presentes.

–Si insistes.

–Insisto. Nuestra próxima reunión será mañana por la mañana.

–Gracias por recordármelo... pero todavía tenemos que cenar.

Mientras lo miraba sorprendida dio un paso y entró en el apartamento.

–Como ya le he dicho, señor Zagorakis –fue tras él–, es muy tarde.

–Por eso he encargado algo –dijo deteniéndose y dándose la vuelta para mirarla–. No quería causar problemas a su ama de llaves.

¡Y Vera compartió una sonrisa de flirteo con él! ¿Qué era aquello? ¿Una conspiración?

Honradamente, no se le podía reprochar nada a

Vera, el hombre estaba muy bien. La camisa estaba lo bastante abierta como para dejar ver un pecho fuerte y bronceado y el vaquero mostraba unos muslos de acero. Y había otro impresionante bulto debajo del cinturón...

–¿Estás segura de que no quieres dejarme pasar?

Lisa desvió la mirada rápidamente. De lo único que estaba segura era de que le ardía la cara.

–No quiero parecer desagradecida...

–¿Pero? –presionó él.

–Estoy cansada. Es tarde y me disponía a acostarme.

–Ya lo veo.

Sus labios hicieron un gesto que provocó que ella fuera dolorosamente consciente de que estaba desnuda bajo el albornoz. El segundo que dedicó a recorrerse con la mirada para comprobar si el albornoz estaba bien cerrado, fue suficiente para que el chófer entrara llevando una cesta.

–¿Adónde se cree que va?

–Aquí –dijo Zagorakis dando un paso e interponiéndose en el camino de Lisa para proteger a su hombre.

Lisa se quedó con la boca abierta.

–Tiene usted un descaro increíble.

–Por favor... no más cumplidos –dijo haciendo con las manos un gesto de burla. Vera tuvo que intentarlo dos veces antes de conseguir hacer notar su presencia.

–¿No sería mejor que se cambiase? –sugirió Vera discretamente–. No creo que quiera que note que no lleva nada debajo.

Lisa pensó que eso tenía sentido.

–Quédate con ellos, Vera, por favor. Volveré lo antes posible.

Unos vaqueros y una camiseta habría sido una elección práctica, pero unos elegantes pantalones marineros y una blusa sastre le hacían sentir que mantenía más el control. Los calcetines de rayas y unos aburridos zapatos planos fueron una inspiración. El pelo recogido en una cola de caballo, acabó de dejarla como si hubiera hecho todo lo posible para apartar cualquier ligereza de su aspecto. Un toque de brillo de labios fue su única concesión, pero luego se lo quitó. No iba a jugar al juego de Zagorakis, se mantendría en su sitio.

Todas las palabras desagradables que había ido ensayando mientras volvía de su dormitorio, desaparecieron en el momento en que entró en el estudio. La habitación se había transformado. Habían encendido velas que se reflejaban en todas las superficies. Una botella de champán se enfriaba en un cubo... y en una mesa baja entre los dos sofás una bandeja de marisco llenaba todo con su salado aroma. Otro olor que hacía la boca agua decía que el pan de la cesta aún estaba templado y dentro de un cuenco de cristal, en medio de un plato de hielo, porciones de mantequilla amarilla estaban pidiendo a gritos que las extendieran por las doradas tostadas. Tenía hambre, se dio cuenta Lisa rogando que no le sonaran las tripas.

—¿Puedo tentarte?

Lisa dirigió su vista a Constantino Zagorakis y lo miró fríamente.

—¿Unos camarones, quizá? —murmuró acercándole un plato a Lisa.

Estaba lanzándole un anzuelo con algo más que marisco, sospechó Lisa al ver la sonrisa flotando en su boca.

—¿Qué pasa? —dijo él dejando el plato.

Lisa se había distraído momentáneamente. Estaba segura de que había oído los pasos de dos personas saliendo del apartamento.

—¿Adónde vas ahora? —preguntó él.

Lisa miró la mano en su brazo. Zagorakis la soltó al instante.

—Nada —dijo ella—. Debo de haberme equivocado.

—¿Equivocado?

—Me pareció oír que Vera se marchaba.

—¿Tu ama de llaves? Así es.

–No –dijo Lisa sacudiendo la cabeza–. Hubiera venido a despedirse antes de irse.

–No, si quiere ser discreta.

–¿Discreta?

–No es ningún problema para mi chófer dejarla en su casa, pasa por delante de ella...

Lisa levantó una mano para que se callara.

–Déjeme entenderlo. ¿Ha mandado a mi ama de llaves a casa?

–Se estaba haciendo tarde.

–Habría llamado un taxi.

–Pensé que te ahorraba un problema.

–¿Problema? –los problemas habían entrado por su puerta esa mañana a las nueve y aún no se había deshecho de ellos.

–Está todo bien, ¿verdad, Lisa?

¿Lisa? No le iba a dejar hacerse con ella, más aún cuando decía una cosa mientras sus ojos sugerían muchas más. No pensaba darle la satisfacción de verla encogerse ante la perspectiva de quedarse sola con él.

–Sí, Tino, está todo bien.

–Estupendo.

Parecía contento por haber conseguido llevar las cosas fuera de los cauces habituales. Entonces, acercó la mano de ella a sus labios y la besó.

–Me doy cuenta de que es tarde –dijo a modo de disculpa– ¿Me perdonas?

Lisa apartó la mano.

–¿Siempre te metes en casa de los demás sin que te inviten?

–Lo siento, Lisa. Pensé que así ganaríamos algo de tiempo.

¿De verdad lo sentía? No se lo creía. ¿Desde cuándo podía alguien rozar una mano con los labios y encender todo un cuerpo?

–¿Nunca te relajas? –la miró.

–Cuando tengo oportunidad.

–Seguramente saldrás alguna vez de ese uniforme, ¿verdad?

–Sorprendentemente, he tratado de hacerlo esta tarde. Me di un gran baño caliente, me metí en un cómodo albornoz... y me eché aquí... relajada.

–Touché –murmuró en voz baja– ¿Me dejas elegir algo para ti? –preguntó él tomando el plato de nuevo.

–Puedo yo sola, gracias. De verdad, no hace falta que... –insistió–. Dame ese plato.

–Claro.

Para cuando lo alcanzó, el plato estaba lleno de delicias, pero él lo mantuvo agarrado, así que ella estaba unida a él a través de un plato de porcelana demasiado pequeño y cuando se resistió testarudamente a soltarlo, pudo sentir cómo le ardían las mejillas.

–No hace falta que te tomes tanto trabajo –dijo tirando un poco más fuerte.

–Es un placer, te lo aseguro.

–¿Por qué?

–A lo mejor te mereces que te mimen. A lo mejor lo merecemos los dos.

No era la respuesta que ella había esperado y, desde luego, no esperaba ese tono tan franco. Rompió el contacto visual.

–¿Champán? –ofreció él.

Seguía luchando contra su poderosa aura sexual. El sentido común casi la golpeó: definitivamente nada de champán. Le encantaba, pero quería mantener el control. Lo que tenía que hacer era ir a la cocina, llenar una jarra de agua helada y ponerla en medio de ambos.

–Gracias, me encantaría una copa de champán.

La expresión de los ojos de él tenía que haber hecho que recuperara la cordura. Estaba a punto de cruzar una línea invisible, una línea que siempre había sabido que no debía cruzar. Solo tenía que recordar el destino de su madre para saber que podía perderlo todo si alguna vez dejaba a sus sentidos tomar el mando... pero no podía arriesgarse a enemistarse con Tino Zagorakis. Era un formidable oponente en los negocios y a un nivel personal pudiera ser incluso más peligroso... Pero una copa de champán no sería para tanto. Después de darle la copa, Tino tomó la suya con la punta de los dedos y la alzó hacia ella en un silencioso brindis. Ella respondió caminando hasta el extremo de la sala para apoyarse en el respaldo de una silla. Necesitaba un momento para recobrarse. Ese encuentro era algo nuevo para ella. En el pasado, los hombres siempre habían aceptado seguir su iniciativa, lo que no era sorprendente dado que la mayor parte de sus relaciones las dirigía su cabeza. No tenía tiempo ni ganas de mucho más. Le gustaba su vida tal y como era: limpia, exitosa y completamente segura.

–¿Estás cómoda ahí?

La mirada de Tino hacía sentir a Lisa que el corazón se le desbocaba.

–Estoy bien, gracias.

–¿Más champán?

–¿Por qué no? –podía manejarlo.

Cuando Tino cruzaba la habitación se dio cuenta de que sus movimientos eran fluidos como los del gran gato que ella al principio había pensado que era. Le llenó la copa y la dejó sola. Comieron en silencio cada uno en un extremo de la habitación, lo que debería haberle dado un respiro, pero los sentidos de Lisa habían superado a su racionalidad. La deliciosa comida y el champán habían soltado sus inhibiciones.

–Lisa –se levantó mientras lo miraba–. ¿Quieres algo más?

–No, gracias... está todo delicioso, pero no puedo comer más –dijo sacudiendo la cabeza.

–Bueno, entonces es momento de que nos conozcamos mejor, ¿no te parece?

Capítulo 2

TINO tomó el plato de Lisa y lo dejó junto al suyo en una mesa lateral. Lisa lo miró con cautela mientras se acercaba a ella y casi se encogió cuando se situó lo bastante cerca como para poderlo tocar. Pero entonces, en lugar de abrazarla, sacó de su maletín unos informes financieros y los colocó en la mesa que había entre ambos.

—Creo que los dos sabemos que has tenido algunos problemas, Lisa.

Por un momento, Lisa pensó que estaba hablando de algo distinto de los negocios y se ruborizó.

—He notado algunas discrepancias aquí y allá –continuó–. Todo fácil de explicar, seguro. Muy pronto nuestros respectivos contables lo aclararán todo.

Era una liberación para su mente hacer un «clic» y volver a los negocios.

—Échale un vistazo a esto –y le pasó unos papeles–. Sería bueno que vieras todas mis recomendaciones.

¿Bueno? Tino estaba poniendo de manifiesto todas las debilidades de la estructura de Bond Steel en el tiempo más breve que se podía imaginar, para prepararla para aceptar una oferta mucho menor de lo previsto, sospechó Lisa.

—Eso está muy bien por tu parte, Tino.

Tuvo cuidado de no parecer evasiva. Quería saber qué había encontrado exactamente antes de mostrar ninguna reacción.

—Te dejo el resto del informe –dijo cerrando el maletín.

–¿Te marchas?

–No, si tú no quieres.

Había cambiado en menos de un latido de hombre de negocios de sangre fría a alguien muy diferente. A Lisa se le aceleró el pulso.

–Nos veremos –la voz de Lisa sonó distante y sin decisión.

No quería que se fuera. El apartamento estaría tan vacío sin él... Estaría sola otra vez, sola pero a salvo.

Tino había tirado una piedra al estanque y esperaba ver hasta dónde llegaban las ondas. Tenía que admitir que estaba sorprendido. Había capitulado mucho antes de lo que esperaba. Mezclar negocios y placer era algo nuevo para él, pero con Lisa haría una excepción. Quería Bond Steel y quería a Lisa Bond. Los negocios eran un juego en el que siempre ganaba, y ella se había convertido en parte del juego. Ella se creía fuerte y controlada. ¿Cómo de fuerte? ¿Cuánto de controlada? Comprobaría sus límites. La idea de dominar a Lisa le atraía realmente. Sería también en beneficio de ella, por supuesto. Si tenía el buen juicio de rendirse, le concedería las riendas de su propia vida.

Cuando Tino la agarró del brazo, Lisa salió de su trance.

–Es la segunda vez que haces eso –le dijo con acritud–, y no me gusta.

–¿De verdad? Entonces, debes perdonarme –dijo en un tono que parecía a la vez de arrepentimiento y diversión.

Pero no la soltó. Estaban cerca, demasiado cerca y sus alientos se mezclaban. No se oía nada más que las respiraciones de los dos. Y entonces, quizás por accidente, la articulación del pulgar le rozó el lateral de un pecho y ella suspiró. Él sintió cómo ella se tensaba cuando la había tocado accidentalmente al cambiar de postura, pero lo que veía se interpretaba de otra manera. Ella no trataba de apartarse y él podía sentir cómo temblaba.

Permitió que su mirada se desviara hacia los pechos, hacia la curva que presionaba contra la blanca blusa de mujer de negocios. Centró la atención en los tensos pezones que se adivinaban a través del tejido del sujetador y le resultó gratificante ver cómo se endurecían todavía más al notar su interés. Levantó la cabeza y vio el pulso latiendo en su cuello y el rosa del deseo tiñendo su piel. Entendió su tormento. Lo entendió y decidió prolongarlo.

Estaba mirando cuando ella se pasó la punta de la lengua por los labios. Estaba esperando que la besara, pero en su lugar la miró a los ojos incrementando el nivel de su excitación. Ella respiraba deprisa y los jadeos tiraban de los botones de la blusa. Deseó arrancársela, pero no lo haría porque sabía que a ella le gustaría demasiado.

Se estremecía de frustración. Nunca se había sentido tan excitada. Nunca se había excitado antes con un hombre... Podía controlar la mayoría de las cosas, todas las cosas, ¿por qué no esa? ¿Y por qué no la besaba? Un beso era todo lo que quería y después lo echaría. Se humedeció los labios y vio cómo la atención de él se centraba en su labio inferior. Tenía los labios húmedos, hinchados de deseo. Él reconocía todas las señales y, aunque había pensado que fuera así, verlo en realidad era demasiado para él. La atrajo más cerca hasta un punto en que los labios casi se rozaban, alcanzando el nivel de peligro para ambos.

Ella respondió y el calor de la pasión estalló entre ellos, pero en el mismo momento en que él intentó atraerla más y enseñarle una lección, ella se puso rígida y emitió un desagradable sonido. Se apartó de él, no con pasión, sino con la determinación de liberarse. La soltó al momento.

—Vete —la voz de Lisa era casi un susurro pero contenía más veneno del que él nunca había oído.

No lo miraba. Permanecía sin moverse cubriéndose la boca con el dorso de la mano como si intentara ocultarle las señales de su excitación.

—Vete —repitió escupiéndole la palabra.

En lugar de sorpresa, Tino sintió ira.

—¿Por qué? —dijo—. ¿Porque casi te he besado yo antes de que me besaras tú?

—¿Es eso lo que crees? —lo miró con incredulidad.

—¿No me dirás que no querías? —su orgullo le cegaba, nunca había juzgado tan mal una situación.

Ella se enfrentó a él casi sin color en el rostro.

—Ahora me dirás que me lo merecía.

—¿Qué? ¿Crees que la pasión entre un hombre y una mujer es alguna clase de castigo? —se pasó la mano por detrás del cuello y algo en su cara le dijo a Lisa que se estaba equivocando con él—. No necesito esta clase de juegos mentales, Lisa.

—Entonces, vete —hizo un gesto de desagrado—. ¿A qué estás esperando?

—¿Cuándo vas a aprender que no todo el mundo quiere bailar al son que tú tocas?

—O al tuyo —creyó que le escuchaba murmurar algo—. ¿Qué has dicho?

—He dicho que no eres más que una maniática del control, Lisa.

Lisa no mostró ni por un parpadeo que nunca había estado lo suficientemente cerca de un hombre como para demostrar que mentía.

—Creo que es mejor que te vayas ya.

—Es lo primero que has dicho esta noche que tiene algo de sentido.

—¿Qué quieres decir, que no se celebrará la reunión?

Cambiándose de hombro el teléfono por satélite, Tino miró las nubes sobre Stellamaris, su isla privada.

–Dicen que está enferma...

–¿Enferma?

–No sé, Tino. No he podido enterarme de más. No creo que sea serio, dolor de cabeza a lo mejor, o problemas de mujeres... ¿Quién diablos lo sabe?

–Averígualo, ¿de acuerdo? Y dímelo en cuanto lo sepas.

–Haré lo que pueda.

–Eso no es bastante, Andreas.

–De acuerdo, déjamelo a mí.

–Y, Andreas...

–¿Sí?

–Empieza a hacer alguna propuesta sobre Clifton Steel, ¿lo harás?

–¿Clifton? Creí que querías Bond...

–Solo haz lo que te pido, Andreas.

–Sí, jefe.

No podía soportar sentirse así por nadie, menos por Lisa Bond. ¿Iba ella a ocupar sus pensamientos en exclusiva? Después de lo que había sucedido entre ellos, a nivel profesional, la había enterrado. Compraría Clifton y Bond. Cuando acabara con ella no querría volver a oír su nombre nunca más.

Cortó la conexión y se arrellanó en el sofá de cuero que usaba cuando no pilotaba él el avión. Reflexionó sobre lo acaecido en las últimas cuarenta y ocho horas. Nunca se había encontrado con nadie como Lisa Bond. Le había cegado, escapado de su control. Le había atraído y después le había rechazado en el último momento.

Era una mujer de veintimuchos años y las mujeres maduras no se comportaban así. Su conducta le desconcertaba y eso no le gustaba. Actuaba como una niña, una virgen en lugar de la zorra que todo el mundo decía que era.

No podía soportar estar quieto. En un ataque de desesperación, se quitó el cinturón de seguridad antes de

que el avión aterrizara. Estaba impaciente por respirar el aire limpio y fresco de Stellamaris. Cuando Lisa Bond volviera a entrar en su vida, estaría preparado.

–¿No se ha presentado? –dijo Lisa dándose la vuelta en la cama.

–No –aseguró Mike–. Todos los demás estaban aquí, claro, solo vosotros dos estabais perdidos.

–No me juntes con ese hombre. No tengo ni idea de dónde está Constantino Zagorakis, pero puedo asegurarte que no es aquí, conmigo. Cerciórate de que todo el mundo se entera, por favor.

–¿Qué pasa? Nunca te tomas tiempo libre.

Eso era verdad. Como a su padre, solo el hospital podía apartarla del trabajo. Mike lo sabía. Pero su encuentro con Tino le había afectado más de lo que esperaba.

–Lisa, ¿qué ha pasado?

–No te preocupes, Mike. Tengo dolor de garganta, nada más.

–¿Dolor de garganta? –no pareció muy convencido–. Lo siento.

Lisa conocía a Mike desde la escuela. Odiaba mentirle.

–¿Qué se rumorea en la calle?

–Es más que un rumor. Hay una buena noticia y una mala.

–Dime solo la mala.

–He recibido una llamada.

–Sigue –presionó.

–De un colega de Clifton.

–¿Clifton Steel? –el silencio de Mike lo confirmó–. ¿Y?

–Zagorakis Inc ha pedido una reunión con Clifton. Aparentemente están considerando...

–¿Su fábrica de motores? –el estómago de Lisa se hizo un nudo.

–No, Lisa, Clifton entera...

–Pero no pueden... –esa vez Zagorakis sí la había pillado fuera de juego. ¿Cómo podía moverse tan rápido?–. ¿Y qué pasa con nuestra negociación con Zagorakis Inc?

–Dicen que Zagorakis se ha quedado frío con nuestro pequeño negocio. Para él es todo o nada. He oído en la última hora que está pidiendo a su gente que empiecen a cortejar a Clifton... Y, Lisa...

–¿Sí? –Lisa se puso rígida al pensar qué más podía haber.

–Está también detrás de nosotros...

–No –explotó Lisa. Era lo que había estado temiendo–. Bond Steel no está en venta, Mike. Solo necesito vender las fábricas pequeñas. Esa liquidez nos permitirá salir del agujero.

–Puede que sea demasiado tarde.

–No vamos a rendirnos y arrojar Bond Steel a los leones.

–A un león en particular.

–Quiero hablar con Zagorakis por teléfono.

–¿Con quién quieres hablar?

–Con Tino, por supuesto.

–No habla con nadie directamente.

–Conmigo sí hablará.

–¿Qué pasa si no quiere?

–Haz lo que tengas que hacer para conseguir su número privado, Mike –presionó Lisa.

–No voy a poder ayudarte.

–¿Qué significa eso?

–Se ha marchado al amanecer a su isla privada en Grecia. No hay forma de que nadie contacte con él allí, incluso su equipo no tiene permiso para hacerlo. Tienen que esperar a que él llame.

–Pero eso es ridículo.

–Puede, pero es lo que hay.

–¿Estás seguro de eso?

–Totalmente. Me lo ha dicho alguien de Clifton.

La cabeza de Lisa volaba.

–¿El director financiero? ¿Ese tipo rubio y guapo?

–Nos estamos viendo, Lisa.

–Lo suponía –una sonrisa rompió la tensión de Lisa–. Espero que seáis muy felices.

Eso explicaba cómo Mike se había enterado tan rápido de todo y también confirmaba que todo lo que le había contado era cierto. Sin la venta de la fábrica de motores, estaban en serio peligro.

–¿Te doy ahora la buena noticia?

–¿Buena noticia? No puedo creer que tengas algo bueno que contarme después de esto.

–Ya estás en forma para volar.

–Nada de chistes.

–No es un chiste. El avión de Bond Steel acaba de terminarse. Está listo para ir donde tú quieras.

–Mike, eso no es una buena noticia, ¿o es que has olvidado el propósito de vender la fábrica? No podemos hacer frente a más gastos ahora. Será lo primero que vendamos.

–Véndelo, pero no ahora, Lisa –insistió Mike–. La isla de Zagorakis es muy pequeña. La pista de aterrizaje no acepta aviones comerciales.

El crispado rostro de Lisa se suavizó de repente.

–¡Mike, eres un ángel! Necesito un día para prepararme –dijo pensando en voz alta–. Cerciórate de que el avión está lleno de combustible y listo para volar el domingo. Que el piloto tenga el plan de vuelo para Stellamaris...

–Así que vas a correr tras Zagorakis...

Mike era inteligente, por eso lo tenía en primera línea. Pero, después de lo que le había contado, iba a Ste-

llamaris no solo a salvar el trato, sino a golpear a Zagorakis en el mástil.

–No, Mike. Voy a correr tras un negocio.

Stellamaris era hermosa, tan hermosa que a Lisa le
daban ganas de llorar. Y ella nunca lloraba. Bueno, desde
que no era una niña. Nunca en su vida adulta había dejado escapar una lágrima, excepto la mañana del viernes
después de la llamada de teléfono de Mike. Pero esas
eran lágrimas de otra clase. Mike podría haber dicho que
tenía una rabieta y hubiera tenido razón. Todo lo que estaba a su alcance acabó contra la pared. Nunca perdía el
control y nunca lo volvería a hacer después de eso. ¿Dolor de garganta? Dolor de cabeza estaba mucho más
cerca de la verdad. ¿Realmente Tino Zagorakis se creía
que podía tomar decisiones que no solo afectaban a empresas sino a la vida de personas, desde su isla privada?

–Ya estamos cerca, *thespinis* Bond. Después de la
siguiente curva podrá ver la villa.

«Entonces cerraré los ojos», pensó Lisa, recordándose
agradecer su amabilidad al taxista. ¿Cómo iba a mirar la
fea villa de Tino después de recrear su vista en el azul
del mar, las montañas ocres y las arenas como de azú-
car? Estaba segura de que Tino viviría en un enorme
edificio. Opulento y grotescamente vulgar, estaba segura... ¿o no?

–¿Es esta? –preguntó sorprendida.

–*Ne, thespinis* Bond –confirmó el taxista–. Ésta es
Villa Aphrodite. Muy bonita, ¿verdad?

–Sí, lo es –admitió Lisa–. Muy, muy bonita.

La villa de Tino estaba recubierta de mármol blanco
con vetas anaranjadas que con las sombras se ponían de
un tono magenta. Se imaginó que las paredes se volve-
rían suavemente rosas con los primeros rayos del amanecer.

–Creo que Constantino está abajo, en la playa.

El taxista interrumpió sus pensamientos. La calidez y familiaridad con que le había llamado por el nombre hizo saltar todas las alarmas en la cabeza de Lisa, recordándole que Zagorakis era un animal y que tenía que permanecer en alerta.

–Por desgracia, la playa no se ve desde aquí.

Volviéndose a medias para atraer la atención de Lisa, continuó:

–Tino volvió el viernes, espero que le haya dado tiempo a quitarse todo el estrés de la ciudad.

¿Estrés? Le había producido estrés. Si Constantino Zagorakis pensaba que podía mover los hilos de su negocio con un mando a distancia mientras se bañaba en la playa, estaba muy equivocado.

–Es lo primero que hace cuando llega a Stellamaris –continuó el taxista–. Tino ama el mar, como todos los griegos.

Lisa dejó que la amigable charla siguiera su ritmo. Le parecía imposible que el taxista estuviera hablando del mismo hombre que ella conocía. Cuando el taxi atravesó una puerta de hierro, se preparó respirando hondo varias veces. Recorrieron despacio una bonita avenida con árboles. Justo al lado de la villa había un jardín lleno de flores.

–Estamos casi en la fiesta de mayo, un día importante en Stellamaris. Los jardines están en su mejor momento. Pronto todo el mundo estará buscando flores para adornar su casa –siguió–. Va a conocer Stellamaris en el momento más romántico del año.

–La villa parece estar construida en lo alto de un acantilado –dijo para cambiar de tema–. ¿Por dónde se baja a la playa?

–Hay escalones tallados en el acantilado –explicó–, pero Tino ha adaptado un funicular para ponérselo más fácil a su amiga.

—¿Su amiga?

—Su más vieja amiga.

¿Constantino Zagorakis tenía más de una amiga? Le parecía increíble.

—Ya estamos —declaró el taxista deteniéndose a los pies de una impresionante escalera de mármol. Tiró del freno de mano y detuvo el motor.

En contra de todos sus planes, el corazón de Lisa latía desbocado. ¿Qué hacía allí? ¿Qué estaba realmente haciendo allí? Podía haber pedido la dirección de correo electrónico de Tino y haberse comunicado por ese medio seguro e impersonal.

Pagó al conductor. El calor pegajoso no ayudaba mucho. Los pantalones que llevaba eran ligeros, pero no lo bastante. Se dio cuenta de que los dedos de una de sus manos se clavaban como garras en el asa de la maleta mientras con la otra mano decía adiós.

Trató de hablar con Mike para decirle que había llegado bien, pero no había cobertura. Se volvió a mirar la impresionante puerta que señalaba la entrada a la casa de Tino, respiró hondo y empezó a subir las escaleras.

Capítulo 3

LISA se dio cuenta de que estaba mirando fijamente como si estuviera loca. Se había preparado para muchas cosas, pero no para esa. Las palabras no le salían para responder al saludo de la joven. Solo podía sentir la rigidez en los labios y balancearse la cabeza. La chica no podía tener muchos más de veinticinco años. Era alta y muy guapa, con una hermosa mata de pelo negro que caía por debajo de sus hombros desnudos. Estaba bronceada de forma natural y bonita y olía a fresco, como el mar, como si acabara de volver de la playa. Llevaba algo como flotante en tonos verdes y limón sobre lo que debía de ser un bikini y en los bronceados pies llevaba unas sandalias rojo brillante. Tino estaba de pie a su lado.

Lisa lo sintió más que verlo. No confiaba en sí misma lo bastante como para mirarlo. No se podía confiar... Se ordenó a sí misma levantar la cabeza y mirarlo a los ojos. Cuando lo hizo se dio cuenta de que le sacaba la cabeza a su hermosa acompañante y de que su mano derecha estaba en la cintura de la chica. La necesidad de emitir algún sonido de desagrado ante esa mano, casi consiguió vencer su voluntad. Estaba impactada por esa mano y por el aire de posesividad que Tino mostraba respecto a la joven a quien parecía no querer presentar.

–Hola, soy Lisa Bond. He venido para ver a Tino por temas de negocios...

–Arianna sabe por qué estás aquí, Lisa.

Como Arianna, Tino estaba vestido informalmente,

como si acabaran de volver juntos de la playa. Lisa se encontró sacudida por los celos, unos celos irracionales y nada bienvenidos. Ambos parecían tan relajados, su ropa tan normal en una pareja que vive cerca de la playa. Los pies de Tino estaban desnudos y manchados de arena, la camisa se mantenía en su sitio solo por un par de botones. Se debía de haber vestido deprisa... ¿Cómo podía haber tenido en sus brazos a una mujer de forma tan pasional y luego volver a su casa con otra?

Lisa intentó tranquilizarse. Eran negocios, no había nada personal. La única forma de meter dinero en el banco rápidamente era conseguirlo de una empresa rica como Zagorakis Inc. Miró a la pareja de nuevo. Vio que Tino llevaba los pantalones de lino subidos casi hasta las rodillas. La visión de sus piernas desnudas despertó emociones muy primitivas dentro de ella, no menos que saber que Arianna debía de conocer qué se sentía al tenerlas alrededor de ella...

Andreas ya le había advertido de que ella iba a ir. Pero era mejor de lo que había esperado. Ver a Lisa en la entrada le produjo una auténtica sacudida. Era hora ya de que aprendiera que no se podían ganar todas las batallas, ni en la sala de juntas, ni en el dormitorio.

Se encontraba desconcertada por el hecho de que él no estuviera solo y que su acompañante fuera una hermosa joven. Bien, esa era la primera lección. Nadie fuera del círculo más cercano de Tino sabía si tenía hermanos o hermanas o cualquier otra familia. La curiosidad sobre quién era Arianna tenía que estar reconcomiéndola y él pensaba mantener las cosas de ese modo.

El rostro de Tino le decía muy poco a Lisa. ¿Qué estaba pensando? Perseguirlo la había colocado en una posición de inferioridad, pero el asunto era demasiado crucial para Bond Steel como para confiárselo a un tercero. Estaba claro que hubiera sido mejor tratar con él por correo... pero esa no era su forma de actuar. Nunca eludía la confrontación. Lo que no se le había ocurrido pensar era que Tino tuviera una vida muy diferente de la suya.

Se las arregló para sonreír a las dos personas que tenía delante. Arianna le devolvió la sonrisa, pero Lisa encontró una tapia de ladrillos en los ojos de él. Esa imagen de felicidad doméstica le había desconcertado realmente. Le había dado a Tino toda la ventaja...

Había esperado un mayordomo acompañándola hasta una sala donde habría tenido tiempo de echar un vistazo y sacar alguna conclusión sobre la vida privada de Constantino Zagorakis.

Respiró unas cuantas veces y sintió volver la determinación a ella. Había superado los celos y estaba lista para concentrarse en la negociación.

—Siempre eres bienvenida, Lisa.

¿Siempre? ¿Estaba Tino riéndose de ella?

—Andreas nos avisó de que vendrías.

—No me quedaré mucho –dijo dedicando a Arianna una mirada de disculpa. No quería mirarla como a una rival porque eso hubiera concedido a Tino alguna ventaja–. Me quedaré en la casa para invitados de Zagorakis.

—Tino, por favor –dijo Arianna tocándole en el brazo–, Lisa está tan pálida. Debe de estar cansada, ha sido un largo viaje, a lo mejor...

—Arianna tiene razón. Pasa, por favor, Lisa.

¿Sería el buen humor de su voz solo apariencia?, se preguntó Lisa mientras entraba tras ellos. El recibidor era magnífico. Una gran sala llena de plantas coronada por una cúpula de cristal por la que entraba el sol haciendo brillar el suelo.

Algo le hizo volverse y vio cómo desaparecía

Arianna. Tenía que estar acostumbrada a ocupar un lugar secundario frente a los negocios.

Tras una impresionante escalera vio un enorme piano, se sorprendió solo porque apreció que no estaba allí de adorno. Estaba abierto y había algunas partituras en el atril y en el suelo de alrededor. Bartók, Bach, Liszt y Brahms, todas piezas complicadas...

–¿Te interesa la música, Lisa?

Sintió cómo la mirada de Tino le abrasaba la espalda.

–Sí.

–¿Te sorprende encontrar música aquí?

–¿Sorprenderme?, no –nadie sabía nada de Constantino Zagorakis, pero le intrigó la música y estuvo segura de que sería de otra persona. Zagorakis no tenía corazón para la música–. ¿Tu amiga toca el piano?

–¿Te refieres a Arianna?

Lisa tragó. No quería que pensara que era una anticuada mujer celosa.

–Sí, he supuesto que la de la música sería Arianna.

–Arianna toca el piano ocasionalmente, para aprender sus partes más que nada. Es cantante de ópera profesional.

–Entiendo.

¿Por qué no le había sorprendido? ¿Sería porque había algo en sus negros ojos que le recordaba a la diva suprema, Maria Callas? Tenía la misma intensidad y pasión en la expresión que ella.

–¿Viaja mucho Arianna? –preguntó. «¿Vas con ella?», quiso preguntar.

Tino emitió un sonido evasivo y ella no quiso repetir la pregunta. Él abrió una puerta que conducía a su estudio, había estado tan enfrascada en sus pensamientos que ni se había dado cuenta de que habían llegado a su destino.

El estudio era fresco y sorprendentemente acogedor.

Había dos enormes sofás a cada lado de una chimenea de piedra, pero el fuego no estaba encendido. Las ventanas estaban abiertas y se oía el insistente canto de las cigarras a través de las finas persianas.

–Ponte cómoda, Lisa.

–Gracias –no se había dado cuenta de lo cansada que estaba

La visita era demasiado importante como para perder la concentración. No podía permitir que se quedara con la compañía con la misma facilidad con que le había hecho perder el control a ella.

–Iré a por algo de beber, ¿te parece bien un vino blanco?

¿Vino? ¿Para aflojar su voluntad? Todavía se arrepentía del champán de la noche del jueves.

–Mejor agua, por favor.

Lisa sabía que por muy bien preparada que estuviera, había información que no manejaba: ¿cómo de avanzadas estaban las negociaciones con Clifton? ¿Podría aún convencerle de que lo mejor para él era su fábrica y no comprar dos grandes corporaciones como Bond y Clifton? Estaba enfrascada en sus pensamientos cuando se abrió la puerta y entró Tino con una bandeja.

–¿Sabe Arianna con quién estuviste el jueves por la noche?

–Dudo mucho que le interese.

Cuando Tino la miró fijamente, Lisa se preguntó por qué estaba ella misma haciendo de aquello una cuestión personal, algo que se había propuesto evitar. Pero por mucho que intentara mantener la sangre fría, su parte femenina quería respuestas. Viendo cómo abría una botella de Chablis, deseó que las cosas entre ellos hubieran sido sencillas. En la bandeja había una jarra de agua helada, una cesta de fruta y un plato de algo como galletas caseras. Lisa no había comido nada desde el desayuno y empezó a ser consciente del hambre que tenía. Tino incrementó la tortura mordiendo una galleta y emitiendo un profundo sonido de placer. La última vez que le había escuchado hacer un sonido así había sido cuando casi la besó.

–¿No quieres una? –dijo ofreciéndole el plato.

Como no fuera para rompérselo en la cabeza, no pensaba tocarlo.

–Prueba una, te aseguro que están deliciosas.

–No, gracias –las apartó con un gesto de impaciencia– ¿Puedes decirme por qué estás interesándote por Clifton?

–Siempre la mujer de negocios, Lisa –dijo sacudiendo la cabeza mientras dejaba el plato en la mesa–. ¿Nunca eres divertida?

–Puedo serlo.

–¿De verdad? ¿Y cuándo va a ser?

Hubo un silencio. Parecía que Tino no compartía su idea de evitar los temas personales.

–Vas a hacerme una propuesta –la animó él.

–Si te interesa.

–Siempre estoy dispuesto a escuchar propuestas de negocios.

–He oído que has perdido interés por nuestro trato y has dirigido la mirada a Clifton Steel.

–Siempre estoy buscando nuevas posibilidades.

–¿Has descartado mi fábrica de motores?

Tardó tanto en contestar que Lisa pensó si no habría oído la pregunta.

–No he descartado nada todavía –dijo finalmente.

–Tengo esperando a otra gente.

–¿De verdad? Tu empresa tiene graves problemas, Lisa. El precio de tus acciones está por los suelos.

–Me recuperaré.

–¿A tiempo?

–Sí, si podemos llegar a un acuerdo.

–¿Y si llegas a un acuerdo con una de esas otras empresas, llegarán con el dinero a tiempo de salvar Bond Steel?

—Probablemente no —no podía permitirse el lujo de jugar con él al gato y el ratón.

Lisa buscó en su maletín y agradeció poder romper así el contacto visual, la mirada de Tino era tan penetrante que le hacía sentir como si estuviera desnuda y necesitaba aclararse las ideas para seguir negociando con él.

—Si quieres, solo echa un vistazo a estos números, he estado trabajando en...

—Has estado ocupada... —dijo mientras tomaba la pesada carpeta de documentos.

Lisa lo miró tensa mientras él hojeaba los papeles deteniéndose de vez en cuando en alguno. Finalmente, dejó los papeles en la mesa y se recostó en el respaldo del sillón cruzando las manos detrás de la cabeza.

—Me necesitas, Lisa.

Su mente de empresaria le hacía ser cauta. No había habido ninguna oferta seria más y Zagorakis Inc era rica en efectivo. Era la mejor... la única opción para salvar Bond Steel.

—¿Qué te parece ahora que has visto los números?

—Necesito estudiarlo un poco más. Te daré una respuesta, pero...

—De acuerdo, te escucho.

—No tan rápido. Soy yo el que escucha, Lisa. Depende de ti convencerme de que tu propuesta vale la pena.

—Te haré un breve resumen de los hechos...

—No. Creo que no me has entendido. Te has presentado aquí, en mi isla... mi casa. Así que voy a poner yo las condiciones. Voy a ser generoso. Te concedo cinco días para convencerme de que tu propuesta vale la pena. Si tienes éxito compraré la pequeña fábrica y te sacaré del apuro. Si no lo consigues, todo estará en juego: Clifton lo mismo que Bond Steel.

–No, Bond Steel no está en venta.

–Si no negocias conmigo, los dos sabemos que caerá en picado.

–Así que esto es lo que hay –lo acusó Lisa tensa–. Estás jugando conmigo. No creo que ni siquiera vayas a mirar esos números. Me tendrás aquí fuera de la circulación mientras Bond Steel se desploma.

–¿Y yo tengo que levantarla por prácticamente nada? –se encogió de hombros–. Sabes que es un buen negocio, Lisa, y no lo olvides, te he dado una oportunidad de convencerme.

–¿Cinco días? ¿Cinco días para asegurar el futuro de mis empleados? No puedes jugar así con la gente. Y no me digas que los empleos estarán seguros con la absorción. Si consigues hacerte con Bond Steel acapararás los activos y te desharás de la gente sin pensarlo ni un segundo –sacudió la cabeza–. Me he equivocado contigo. Pensaba que te quedaría algo de humanidad, pero no la tienes en absoluto, ¿verdad?

–Ninguna –era cierto.

Únicamente se preocupaba por sus propiedades, porque eran el fundamento de su proyecto, y por dos mujeres especiales y únicas. Fuera de ahí, los sentimientos eran un lujo.

–No me quedaré a escuchar nada más.

–Entonces perderás tu negocio, Lisa.

¿Qué otra alternativa tenía? Por mucho que le doliera, tenía que rebajar su orgullo.

–Necesito acceso a Internet y un teléfono.

–No estás en posición de poner condiciones.

–Tengo que mantener el contacto con mi gente. Trabajamos en equipo.

–Será interesante para tu equipo ver qué tal trabaja su jefa sin ellos. Depende de ti, Lisa. Vete a casa ahora y se acabó el trato o manda el avión de vacío y aún habrá una oportunidad. Nunca lo sabremos si no te quedas.

–Pero si decides comprar la empresa nuestros abogados tendrán que saberlo, habrá que redactar los contratos.

–Cierto. Puedes llamar ahora a tu asistente personal y decirle que espere noticias de Andreas, mi asistente –Tino tomó un teléfono de una mesa negra y se lo ofreció–. Es por satélite –dijo en respuesta a la mirada de Lisa–. Tu móvil no tendrá cobertura.

–Así que tú serás el único que pueda contactar con el mundo exterior.

–Así es como funciona. ¿Vas a hacer esa llamada o no?

–De acuerdo, la haré.

Él ya sabía que la fábrica de motores podía ser rentable, pero quería saber hasta dónde podía pujar. Ella lo había convertido en una lucha de voluntades y no tenía ni idea de lo que había desatado. Sería a su manera. Siempre tenía en la cabeza que si hacía la menor concesión se arriesgaba a ver toda su vida afectada. Había salido del arroyo y no pensaba volver.

Tenía que seguir adelante, eso o perder, pensó Lisa.

La miró mientras hacía la llamada. Tranquilizó a su asistente y le dio la información justa. Lo manejó bien. En cierto sentido, era bastante fría.

–Gracias por la llamada –dijo devolviéndole el teléfono y levantándose.

–¿Adónde vas?

–A tu casa de invitados del pueblo.

–No hace falta.

–¿Qué quieres decir?

–Te quedarás aquí.

–¿Aquí? ¿En la villa?

–No hay ninguna necesidad de parecer tan impresionada.

–Pero Arianna...

–Será como yo digo.

Lisa sintió crecer la rabia, especialmente por Arianna. No tenía ninguna envidia de ella ya, solo lástima.

—Es mi última oferta, Lisa. Tómala o vuelve a tu avión y vete de aquí.

Ésa no era una opción aceptable, demasiada gente dependía de ella. No podía irse.

—De acuerdo, me quedo, pero que quede claro que solo es para tratar de negocios.

—Ya te he dicho que no estás en situación de poner condiciones, Lisa. Esta isla es mía y yo seré quien decida dónde y cuándo nos reuniremos.

—Así que no tengo nada que decir.

No le gustaba. Ser amable con él durante cinco días sería una tortura refinada.

—No te retengo más, Lisa —dijo haciendo un gesto en dirección a la puerta—. Puedes usar los teléfonos internos desde tus habitaciones si quieres comer algo, te lo llevarán a tu cuarto.

Lisa sabía que sus mejillas se estaban tiñendo de rojo debido a la humillación. Podía haber dado la impresión de que no quería relacionarse con él, pero nunca había pensado que la confinaría en una habitación. Se preguntó por qué no habría aceptado que se quedara en la casa de invitados, así la habría mantenido alejada de Arianna... Claro, que en Villa Aphrodite estaba alejada de todo el mundo... completamente aislada, completamente sola.

—Tengo que volver al pueblo a por mis cosas, ¿por qué no me quedo allí como había planeado?

—Ése no es nuestro trato...

—Has dicho que cinco días, Tino. Hoy es domingo, seguramente, no empezaremos a negociar hasta mañana por la mañana.

—Es peligroso hacer presunciones en los negocios, Lisa. Deberías saberlo...

Lisa contrajo los labios en una mueca de disgusto mientras lo miraba. Así que ese era el modo en que iban a transcurrir las cosas.

—Imaginé que mantendrías la habitual cortesía de los negocios.

—Y así será desde mañana, mientras tanto, te quedarás aquí.

—¿Como tu prisionera?

—¡No seas ridícula! No te retengo en contra de tu voluntad. Sabes tan bien como yo que cuando se cierra un trato hay que respetar todos los términos del acuerdo, no solo los que nos gustan. Tienes cinco días para convencerme de que debo hacer ese negocio. Van a ser duros, horribles.

Llamaron a la puerta suavemente y Lisa agradeció la interrupción mientras se abría la puerta del estudio y entraba un sirviente mayor.

—Buenas noches, Lisa —dijo Tino saliendo de la habitación.

—¿Le importa que le muestre sus habitaciones, *thespinis* Bond?

Lisa suavizó su expresión para no asustar al viejo y matarlo.

—Gracias, es muy amable por su parte.

—Será un placer, *thespinis* Bond.

Su voz era amable y se quedó de pie en la puerta hasta que ella pasó. ¿Cómo podía un hombre así trabajar para Tino Zagorakis?, se preguntó Lisa mientras lo seguía por el corredor.

Las habitaciones eran fabulosas. Inspirándose en los colores de la bandera griega, los muebles eran blancos como la nieve, pero antes de que tuviera ocasión de apreciar la opulencia de lo que le rodeaba, la mirada de Lisa quedó atrapada por su maleta colocada al lado de la cama. Solo la presencia del amable sirviente de Tino, evitó que se diese la vuelta y fuese a cortarle la cabeza a su patrón. Era evidente que, sin saber si iba a estar de acuerdo en quedarse o no, Tino había enviado a alguien a por su equipaje.

–*Kirie* Zagorakis cree que preferirá cenar usted aquí sola.

Lisa miró al sirviente desde el otro extremo de la habitación. Los largos visillos de muselina blanca que se movían empujados por la suave brisa del atardecer, atrajeron su atención sobre el balcón que había tras ellos en el que pudo ver, a la suave luz de unos faroles, una cómoda butaca al lado de una mesa camilla ostensiblemente dispuesta para una sola persona.

«Seguro que lo haré», pensó. Tino ya había decidido que iba a estar incomunicada del resto de la casa. Sonrió al viejo criado.

–Gracias, es lo que realmente me apetece.

Tino no solo había decidido ya que se quedaría, sino que también había dado instrucciones a la cocina para su cena. Debía de haber hecho todo eso cuando había salido del estudio a por el vino y el agua.

–Desde aquí tiene una hermosa vista, *thespinis* Bond –dijo el anciano señalando al mar más allá del acantilado.

–No creo haber visto nunca nada tan hermoso –dijo Lisa sinceramente.

Se asomó y vio inmediatamente debajo del balcón una gran mesa. Los bordes del blanco mantel movidos por la brisa, la cristalería y los cubiertos de plata brillaban a la luz de unas velas. Oyó el sonido de una conversación en voz baja y risas, dos risas, una más aguda y brillante y otra mucho más grave.

–¿Quiere sentarse ahora, *thespinis* Bond? ¿Enciendo las velas?

Lisa se volvió bruscamente al darse cuenta de que tenía esperando al sirviente con una cerilla encendida esperando su autorización.

–No, no, gracias. Esperaré un poco. Es usted muy amable –dijo mirando su rostro alicaído.

Por dentro se sentía rabiosa y humillada, pero de ninguna manera iba a desahogarse con un inocente anciano. Tino no solo había decidido no cenar con ella, sino que estaba cenando con otra persona... seguro que Arianna.

–¿Seguro que no necesita nada más, *thespinis* Bond?

–Seguro, muchas gracias –volvió a sonreír Lisa y esperó hasta que el anciano cerró la puerta tras él.

No pensaba sentarse obediente en el sitio que le había dispuesto Tino, ni aceptar todas las humillaciones que le había preparado. Iba a sufrir, claro que iba a sufrir, pero lo haría en privado... Cuidadosamente volvió a colocar los platos en el carrito, lo llevó hasta su habitación y cerró firmemente las puertas del balcón.

Capítulo 4

LISA durmió más profundamente de lo que había esperado. El amanecer solo se adivinaba a través de la muselina blanca mientras se estiraba como un gato al sol. Al principio era reacia a abandonar las sábanas de lino, pero entonces recordó todo lo ocurrido la noche anterior.

Saltó de la cama y fue descalza a abrir las puertas del balcón. Era lunes, el primero de sus cinco días de prueba y no pensaba perder ni un minuto. Había esperado que la vista de día fuera espectacular, pero nunca se había imaginado que pudiera ser tan impresionante.

Con los ojos entrecerrados por la luz del recién salido sol, apreció que la villa se encontraba en un promontorio rodeado de mar por tres lados. El agua a los pies del acantilado tenía todos los tonos posibles de azul. Los jardines que rodeaban la villa eran igual de hermosos. Combinaban con gran éxito partes cuidadas con otras más informales. Más allá del patio empedrado pudo ver una piscina inmensa. Había esperado que la hubiera y estaba deseando nadar, pero ya había alguien nadando allí...

Reunirse con Tino ambos medio desnudos no le pareció buena idea, pero el taxista había mencionado que había unas escaleras que bajaban hasta la playa además de un funicular. Tenía que haber algún modo de que pudiera llegar hasta el mar sin pasar por la piscina...

Abrió la maleta y sacó el bikini con la esperanza de tumbarse unos minutos al sol de Grecia. Por suerte, había recordado meter en la maleta las chanclas y un chal.

Los escalones de piedra eran estrechos y bastante separados algunos y Lisa se alegró de que hubiera una barandilla de madera fijada a la roca. Cuando llevaba hecha la mitad del camino se detuvo a contemplar el paisaje y recuperar el aliento. Podía ver el recorrido del funicular, si hubiera tomado ese camino ya habría llegado a la playa, pero estaba demasiado cerca de la piscina.

La playa era una tentadora media luna plateada y el mar turquesa parecía completamente en calma. Lo mejor de todo era que no había señales de Tino, por lo que podía relajarse y sentir que el nuevo día de momento era suyo...

Saltó a la playa, tiró las chanclas y hundió los dedos de los pies en la arena húmeda. Arrojó lejos el chal y corrió hacia el agua. Una anciana contemplaba las evoluciones de Lisa con interés. Cuando Lisa salió del agua y se agachó a por el chal, la anciana caminó a su encuentro.

Sacudiendo el largo pelo castaño, se volvió hacia el sol mientras caminaba por el agua poco profunda. Nunca tenía tiempo para ir de vacaciones, ni siquiera para darse un buen baño.

–*Yia Sou*.

Lisa había creído que estaba sola, así que dio un respingo al oír el amistoso saludo. Se volvió hacia la anciana.

–*Kalimera*.

–Va a ser un hermoso día –apuntó la anciana mirando al cielo.

«Para usted, a lo mejor», pensó Lisa recordando que tenía que reunirse con Tino más tarde.

–Sí, así parece –dijo educadamente.

–Me llamo Stella. Vivo allí, en aquella casita –dijo la mujer señalando un pintoresco edificio blanco con dinteles azules un poco apartado de la playa–. Te he visto nadar. Lo haces bien.

–Gracias.

–¿Te apetece desayunar? –dijo Stella señalando una cesta de pan recién horneado que llevaba del brazo.

El estómago de Lisa sonó de hambre y las dos se rieron.

–Muy amable –Lisa estaba agradecida de haber encontrado a alguien amigable. Cualquier cosa era mejor que desayunar sola en el balcón.

–Los dos desayunaremos contigo, *Ya–ya*.

–¡Tino! –Lisa dio un paso atrás al verlos abrazarse.

Stella estaba claramente encantada de verlo, y Lisa se dio cuenta de que su rostro estaba ardiendo. ¿Por qué Tino le hacía sentir siempre como si hubiera hecho algo mal?

–Buenos días, Lisa, espero que hayas dormido bien.

–Muy bien, gracias –dijo Lisa mirando a Stella con la esperanza de que no se hubiera dado cuenta de la mar de fondo que había entre los dos.

–Tengo comida bastante para todos, venga –insistió Stella haciendo gestos para que fueran hacia su casa.

Mientras Lisa casi corría para mantener el paso de Stella, dijo a Tino en tono glacial:

–Supongo que pasabas por aquí.

–En realidad, venía a ver a Stella.

–¿La conoces bien? –preguntó muerta de curiosidad.

–Nos conocemos desde hace años.

–Entiendo.

–Lo dudo –dijo murmurando, lo que incrementó la curiosidad de ella.

¿Quién era Stella? ¿Cuál era su relación con el hombre más detestable del mundo?

Stella llegó a la puerta de su casa y les hizo gestos para que entraran. El interior era fresco y sombrío, los rayos del sol se colaban por las ranuras de las persianas. El aire olía suavemente a hierbas y Lisa notó que en todas las ventanas había tiestos de terracota con hermosas plantas.

–¡Qué casa tan bonita!

Stella sonrió y señaló las sillas.

–Por favor, sentaos.

–¿Quieres que te ayude en algo? –preguntó Lisa ignorando la invitación y siguiéndola hasta la puerta de la cocina.

–No, no. Relajaos los dos mientras preparo el desayuno. No tardaré mucho.

¿Los dos? Lisa pensaba que para cualquiera debería resultar evidente la distancia que existía entre ambos, sobre todo para una persona aparentemente tan despierta y observadora como Stella. Dio una vuelta por la sala y encontró un asiento al lado de la ventana bastante alejado de Tino. Se sentó y miro por una rendija de la persiana.

–¿Mejor así?

Lisa dio un respingo al sentir a Tino inclinarse por encima de ella para abrir un poco más la persiana. Podía sentir su calor en cada fibra de su cuerpo.

–Eres muy madrugadora, Lisa.

–Siempre me levanto al amanecer los días de trabajo –dijo en un tono de voz que parecía invitar a seguir la conversación. Entonces entró Stella con el desayuno en una bandeja.

–¿Por qué no me has llamado para que la trajera yo? –preguntó Tino cruzando la habitación de dos zancadas para quitarle la bandeja.

–Porque tú estás atendiendo a nuestra invitada –dijo Stella mirándole con un punto de dureza y después se volvió a Lisa–. Discúlpame, Lisa, no creo que te agrade escucharnos discutir.

–¿Sabes mi nombre? –dijo Lisa recordando que no se había presentado. Miró a Tino que, de pronto, estaba muy ocupado vaciando la bandeja–. Perdona, Stella, debería haberme presentado. Soy Lisa Bond, estoy aquí por una cuestión de negocios con Tino.

–¿Negocios con Tino? –dijo Stella con un gesto que lo explicaba todo.

–Estoy segura de que sabré manejarlo –dijo Lisa mirando a Tino.

–Bueno, ¿qué planes tenéis para hoy? –preguntó Stella mientras les llenaba los platos de pan con miel.

–Tenemos una reunión...

–Pensaba llevar a Lisa a dar un paseo en el barco –los dos hablaron al mismo tiempo, pero Lisa se interrumpió. No tenía ninguna intención de perder el primero de sus preciosos cinco días de negociación en el palacio flotante de Tino–. Te traeré algo fresco para la cena.

–Eso espero –dijo Stella uniendo las manos en un gesto de placer.

La mirada de Lisa iba de uno a otra. Tino no iba a ignorarla ni iba a implicar a esa señora tan adorable e inocente en alguno de sus enrevesados planes. Tenían cosas más importantes que hacer que ir a pescar.

–No –dijo Lisa con rotundidad.

–¿No? –repuso Tino mirándola con el pan en la mano.

–No voy a ir contigo. Tengo cosas más importantes que hacer que holgazanear por ahí. Creo que los dos las tenemos.

–Lisa... –dijo Tino poniéndose una mano en el pecho con expresión de inocencia.

–¿No te gustan los barcos? –preguntó Stella con aire preocupado.

–No es eso –dudó Lisa. ¿Qué podía decir sin enrarecer el ambiente?–, es solo que no estoy acostumbrada a hacer negocios...

–¿Al estilo griego? –salió Stella en su ayuda–. Todos los hombres griegos son pescadores en el fondo de su corazón, Lisa –explicó Stella amablemente, inconsciente de la tensión que había entre ambos–. Es mejor que aceptes su forma de hacer negocios.

–Estoy segura de que tienes razón, Stella –dijo amablemente Lisa.

–¿Qué ha sido eso? ¿Qué has dicho? –dijo Tino incapaz de contener la sonrisa.

–Si has estado escuchando, ya lo sabes –dijo Lisa cortante. La cara de Stella parecía un retrato.

Hubo un incómodo silencio que Tino no hizo nada por romper.

–Lo siento, Stella, no sé qué me ha pasado.

–No tiene importancia –dijo con una sonrisa–. Los temperamentos se encienden cuando las pasiones están despiertas.

¿Pasiones? Lisa miró a Tino. Fuera lo que fuera lo que se imaginaba Stella, estaba equivocada, absolutamente equivocada.

–Tino siempre levanta fuertes pasiones entre la gente –añadió Stella.

No podía dejar que aquello quedara así.

–No hay ninguna posibilidad de que Tino altere mi equilibrio, Stella. Es solo que...

–¿Es solo qué, Lisa? –exigió saber Tino con suavidad removiéndose en la silla. Cuando Lisa abrió la boca para responder, sintió un trozo de pan tostado con miel entre los labios–. Prueba esto –dijo con suavidad–. Te hará todo más dulce.

Lisa había caminado en silencio desde que habían salido de la casa, pero en cuanto estuvieron fuera del alcance del oído de Stella, dijo:

–No voy a dar un paso más.

Tino se volvió a mirarla sin detenerse.

–No estamos lejos. El puerto está justo allí, al pie del acantilado.

–No es la distancia lo que me importa.

–¿Qué entonces? –se detuvo a mirarla.

–Termina ya, Tino. No voy a salir en el barco. Si tienes la mínima decencia deberías dejarlo ya y volver conmigo a la villa para mantener una reunión como prometiste.

–Ahora no, Lisa.

–¿Qué quiere decir ahora no?

–Quiere decir que no me apetece hablar de negocios ahora –se acercó y Lisa dio un paso atrás.

–Una vez que el trato esté cerrado podremos seguir cada uno por nuestro lado–señaló ella–, lo que tú deseas tanto como yo.

–¿Cerrado el trato? –la miró con sorna–. Tienes mucha confianza en ti misma.

–Confío en que te propondré lo que más te conviene.

Él se rio echando la cabeza para atrás.

–Así que lo que buscas es lo mejor para mí, ¿verdad? No te creo, Lisa.

–De acuerdo –se vio forzada a apresurarse tras él porque había vuelto a echar a andar–, los dos necesitamos este acuerdo.

–Yo no necesito nada de ti.

–¿De verdad? ¿Entonces por qué tienes a tu gente por ahí buscando cualquier cosa que se pueda comprar?

Eso le detuvo.

–Puede que me agrade saber que puedo comprarlo.

–Me alegro mucho por ti, pero mi vida es algo más complicada, tengo compromisos, lealtades.

–Lo que tienes es demasiado orgullo... y una opinión de ti misma demasiado alta.

–¡Eso resulta gracioso viniendo de ti!

–Y si se tornaran los papeles, ¿me tratarías de forma diferente? No, así que no esperes que te dé ninguna libertad de acción cuando tú no me has dado ninguna –se volvió y siguió andando obligándola a seguir tras él.

–Pero me diste tu palabra de que esta semana la dedicarías a nuestra negociación.

–Con mis condiciones –no se detuvo ni volvió la vista.

–De acuerdo –Lisa se detuvo, apoyó las manos en las rodillas para recuperar el aliento.

–De acuerdo ¿qué?

Por lo menos se había parado. Estaba de pie a unos metros esperando que le dijera algo. Trató de recobrar el control, pero estaba demasiado alterada como para controlar sus sentimientos.

–Supongo que Arianna estará encantada con nuestro pequeño crucero de placer.

–Arianna no es de tu interés.

–Muy conveniente para ti.

–¿Por qué te preocupa tanto Arianna?

–Alguien tiene que preocuparse. Lo siento por ella.

–¿Por qué exactamente?

–Creo que sabes por qué, Tino.

–No, no lo sé. Estoy esperando a que me lo digas tú.

–De acuerdo, entonces... ¿Qué demonios estamos haciendo aquí? –dijo gesticulando–. Deberíamos volver a la villa y tener una reunión de forma adecuada. Todo esto lo único que hacer es distraernos.

–Creo recordar que una parte de nuestro acuerdo era que yo decidía dónde y cuándo nos reuníamos.

–Pero aquí no podemos.

–Exacto –su tono era enloquecedoramente controlado–. Te estás volviendo olvidadiza, Lisa. Ya te he dicho que no íbamos a tener ninguna reunión hoy.

–Así que no vas a cumplir tu palabra.

–No recuerdo haberte dicho que fuéramos a tener ninguna reunión esta semana. No deberías mostrarte de acuerdo con algo sin haber comprendido todos los términos.

–No me des lecciones de cómo se hacen negocios. Estuve de acuerdo con tus condiciones antes de ser consciente de lo irresponsable que podías ser.

–¿Irresponsable?

–Sí –insistió Lisa con fiereza–. Irresponsable. Y ahora, ¿podemos dejar de perder el tiempo y volver a la villa? Quiero ducharme. Todavía podemos tener un par de horas de reunión antes de la comida –miró la mano en su brazo–. ¡No me toques! Te estoy advirtiendo...

–Y yo te estoy diciendo –dijo colocándola delante de él– que ya he tomado una decisión: aquí y ahora. Hoy los negocios no están en la agenda. ¿No me has oído decir que iba a pescar algo para la cena? Bien, pues eso es más importante que todo lo demás.

–¿Te vas a ir a pescar? –preguntó Lisa con incredulidad.

–No, Lisa, nos vamos a pescar. Y si digo que nos vamos a pescar, es que nos vamos a pescar, ¿lo entiendes?

–Entiendo que eres un bruto.

–¿Qué problema tienes? ¿Todavía estás preocupada por Arianna? ¿O estás más preocupada por estar a solas conmigo?

Lisa soltó una carcajada.

–Sí, estoy preocupada por Arianna tanto como por ti –lo miró con desdén–. ¡No me importas una mierda!

–No hace falta que recurras al lenguaje barriobajero, jovencita.

–¿Para describirte? –Lisa no podía creer que estuviera gritando–. Yo diría que es absolutamente necesario.

–¿Y si te dijera que Arianna y yo no somos pareja?

–Me alegraría, por ella. Y sigo queriendo volver a la villa. Ningún contacto entre nosotros fuera de los negocios, ¿recuerdas, Tino?

–Así que... no podríamos hacer esto, por ejemplo...

El aire huyó de los pulmones de Lisa cuando la atrajo más cerca de él. Los sentimientos explotaban dentro de ella. Tino la estaba besando mientras una tormenta se desencadenaba en su mente al tener que reconocer que le agradaba. Se acercó más a él y, al mismo tiempo que se amoldaba a él, lo odiaba, lo odiaba por hacer que lo deseara tanto.

Volvió a la realidad de pronto. El futuro de Bond Steel dependía de ella y ¿así era como se comportaba?

Tino solo estaba jugando con ella y mientras ella estaba distraída sus tropas tomaban posiciones en la empresa.

Empezó a resistirse, luchó con los labios, la boca, la lengua y empujó con la manos emitiendo sonidos de furia, pero la tenía abrazada demasiado cerca, casi no podía respirar. Cuando ya creía que no podría resistirse con más fuerza, la soltó y se apartó de ella.

–¿Ésta es tu idea de la persuasión? –preguntó él.

–Es más honrado que devolverte el beso –dijo girando la cabeza para no mirarlo mientras apoyaba la frente en la mano–. No puedo creer que me encuentre en esta posición. Te odio tanto.

–No –dijo Tino con tranquilidad–. Lo que odias es que te haga perder el control.

–Sé lo que quiero decir.

–Lisa, lo que sabes es lo que se dice que es el odio.

–No te adules.

–No lo hago.

–Así que ¿tendré que enfrentarme a esto durante una semana?

–Si te refieres a mí, sí, tendrás que hacerlo.

–Bueno, pues no vuelvas a intentarlo otra vez –le advirtió–. Y no me vuelvas a mirar así. Te estoy avisando... Sé lo que quiero decir, Tino.

–Por supuesto que lo sabes.

Tino sabía lo que ella se jugaba, pensó Lisa, y, le gustara o no, estaba metida en eso. Tino Zagorakis tenía el futuro de Bond Steel en la palma de la mano y ella tenía que jugar con sus reglas o arriesgarse a perderlo todo.

–¿Sabes lo que te hace falta? –dijo con voz grave.

–No, pero estoy segura de que tú me lo vas a decir.

–Necesitas alguien que te diga no, Lisa, alguien que pueda obligarte a abandonar tu testarudez.

–¿Testarudez? –no había dado un paso en falso desde que era una mujer adulta y nadie la llamaría testaruda–.

¿Y supongo que piensas que tú eres lo bastante hombre como para hacerlo?

—Sé que lo soy.

El sardónico murmullo provocó en Lisa un escalofrío de deseo. Tenía que resistirse.

—Ya he tenido bastante. Quiero volver.

—No —dijo con rotundidad—. Vamos a empezar a negociar al estilo griego.

—¿Qué quieres decir con estilo griego?

—Vamos a conocernos bien antes de sentarnos alrededor de una mesa.

—¿Conocernos bien? —dijo ahogada—. ¿Por qué? No quiero.

—Mala suerte para tu empresa —sacudió la cabeza.

—No, para... espera un minuto —para sorpresa de Lisa, dejó de andar y se dio la vuelta.

—Entonces, ¿estamos de acuerdo? —dijo—. ¿No se vuelve a hablar de negocios hoy?

—De acuerdo —murmuró.

—Eso está bien, Lisa.

¿Tenía que pronunciarlo como si fuera un logro monumental?

—No era tan terrible, ¿verdad?

Lisa confirmó con la mirada.

—No hay posibilidad de ninguna negociación hasta que no seas más amable.

—¿Amable? —¡era demasiado!—. Así que vas a recurrir al chantaje.

—¿Chantaje? —Tino hizo un sonido de desagrado con la lengua. Le estaba tomando el pelo, riéndose de ella... poniéndole el cebo—. No, nada de chantaje, Lisa. Si tú respondes bien, yo seré amable. Pero si sigues en la postura de ser salvaje y llevar la contraria, entonces habrá que domesticarte.

—¿Domesticarme? Me gustaría verte intentarlo.

—¿Es un reto, Lisa?

Entonces, antes de que ella se diera cuenta, la levantó y la puso sobre sus rodillas y, sin que ella aún pudiera recobrarse, exclamó:

–¡*Theos*! ¡Me vas a volver loco! –y la dejó en el suelo como si el contacto con su piel le hubiera quemado.

Pasándose una mano por los ojos, Tino miró como si no pudiera creerse lo que había pasado. Mirándose a los pies, Lisa, tampoco podía creerlo. No sabía qué hacer, si ir hacia él o echarse a reír, aunque el largo rato que estuvieron mirándose de pie, lo que más le apeteció fue reírse.

Tino parecía perplejo por el brote de pasión que le había llevado hasta ese punto en que la había puesto sobre sus rodillas, algo que a ella, sorprendentemente, le había resultado muy excitante. Tenía que pensar deprisa. No podía permitir que aquello se convirtiera en una cuña entre ambos que impidiera la negociación.

–Los dos necesitamos un momento para serenarnos –dijo en medio de una risa nerviosa, pero la expresión de Tino la detuvo.

¿Qué estaba pasando?, pensó Tino. Nunca había estado tan cerca de perder el control. En un mundo ideal el sexo entre ambos hubiera sido divertido, explosivo, pero las convenciones del mundo civilizado lo impedían. Eso y su determinación a meterla en cintura. Pero se dio cuenta de que dominar físicamente a una mujer era anatema para él.

–¿Estás bien? –preguntó de improviso.

–Sí.

Se preparó para la explosión que estaba seguro que ocurriría, pero cuando ella le sostuvo la mirada vio un brillo en sus ojos que antes no había visto y...

Lo deseaba.

Tino mantuvo la cara inexpresiva mientras por dentro era un torbellino. Aquello ya no era un juego o, al menos, la reglas habían cambiado porque deseaba a Lisa Bond más de lo que había deseado nada en su vida... y eso le hacía sentirse profundamente intranquilo.

Capítulo 5

DURANTE unos segundos el aire entre los dos se quebró de intensidad. Tino no era el único que se sentía transportado, pensó Lisa, ella también. El pensamiento de una pelea física que acababa en algo que no era violento con un hombre tan fuerte como él, daría vueltas en su cabeza durante un buen rato. Si pudiera confiar en un hombre... si pudiera confiar en Tino... si pudiera estar segura. Nunca había estado con un hombre.

—Me voy a pescar —dijo Tino de repente interrumpiendo sus pensamientos—, ¿vienes conmigo o no?

Lisa lo miró.

—Encontraremos algo para ti en el puerto.

—Espera —lo llamó mientras echaba a andar—. ¿De qué hablas? ¿Qué cosas?

—Protector solar, un sombrero... nada muy excitante. Venga, ya hemos perdido demasiado tiempo.

—¿Podemos hablar de negocios en el barco?

—Nunca abandonas, ¿verdad?

—No.

Se detuvo tan inesperadamente, que casi se chocó contra él.

—¿Necesitas cuarenta horas para convencerme?

—Por supuesto que no.

—Entonces, ¿de qué te preocupas? —empezó a caminar en dirección al puerto.

—No estoy preocupada.

—¿De verdad? —dijo acelerando el paso.

–Despiadado hijo de perra –murmuró Lisa apresu-rándose tras él.

El pequeño comercio tenía lo más esencial: un som-brero de paja y un protector solar del factor más alto, dos botes.

–Eres muy blanca de piel –dijo mientras los ponía en las manos de Lisa–. Tienes que echarte mucho.

Lisa balanceó la cabeza. Miró hacia fuera y vio su yate al lado de los botes. Supuso que sería el suyo. Era como un gran coloso blanco entre pequeñas barcas de pesca.

–Es impresionante –dijo ella cuando salían de la tienda.

–Me alegro de que te guste.

Él tenía razón. No necesitaba cuarenta horas para convencerle y ¿cuándo había tenido otra oportunidad de dar un paseo en el yate de un millonario? Lisa se sor-prendió de lo infantilmente excitada que estaba con la perspectiva. Incluso se impacientó cuando Tino se de-tuvo y entró en otra tienda.

En la panadería y tienda de alimentación, una vez in-tercambiados los saludos de rigor, le pasaron por en-cima del mostrador una cesta de mimbre similar a la que llevaba Stella.

–Nuestra comida –explicó Tino agarrando la cesta.

–¿Nuestra comida? –Lisa frunció el ceño. ¿No lleva-ban ya los millonarios chefs en sus yates?

Cuando Tino pasó de largo de la pasarela que condu-cía al Stellamaris Odyssey, Lisa se detuvo frente a ella.

–¿Qué pasa ahora? –preguntó él dándose la vuelta.

–Pero... yo creía que...

–¡Querida! Te tiembla el labio superior.

Debía de parecer como una niña cuyos sueños se ha-bían hecho añicos, así era como se sentía.

–Yo no quería ir a pescar –dijo fingiendo que no le importaba.

–¿Parece eso un barco de pesca? –dijo Tino mirando la eslora del enorme yate.

–No, la verdad, pero creí que...

–¿Creíste?

–Insististe en que debíamos salir en tu barca, Tino.

–Nadie en su sano juicio llamaría al Stellamaris Odyssey una barca, Lisa.

–Oh, bien, lo siento. ¿Qué más se supone que tengo que saber sobre los juguetitos de los ricos?

–¿Es esta la mujer que es propietaria de un avión?

–No soy propietaria de un avión, mi compañía lo es.

–Perdón, creí entender que tú eras la propietaria de Bond Steel.

–De la mayor parte –admitió reacia.

–En mi opinión, un día en un lujoso yate no tiene nada de especial. Lo utilizo para los negocios, para impresionar a los clientes. Tú no necesitas que te impresione, ¿verdad?

–No, por supuesto que no.

–Excelente, porque te tengo reservado algo bastante diferente.

Le estaba haciendo ponerse nerviosa... la tensión sexual seguía chisporroteando. Estirando el cuello, Lisa intentaba ver más allá de él. Fuera cual fuese la embarcación que fueran a llevar, tenía que estar por allí, razonaba, pero la única que había, pasado el Stellamaris Odyssey, era una modesta barca de pesca azul y blanca.

–¿Te refieres a eso?

–¿Qué tiene de malo? ¿Mi modesta barca de pesca no es suficientemente buena para su alteza real? –dijo haciendo una reverencia.

Manteniéndose firme, Lisa dedicó una última mirada de deseo al Stellamaris Odyssey. Siguiendo su mirada, Tino sonrió y dijo:

–Oh, no, Lisa, eso sería demasiada autocomplacencia. Estoy seguro de que estarás de acuerdo en que esta es mucho mejor para hacer negocios. ¿Todavía quieres hacer negocios conmigo?

–Por supuesto que quiero.

–En ese caso, prosigamos, la bodega del barco es bastante primitiva y no queremos que se nos caliente el vino.

Era divertido. No lo había esperado. Desde que se había ido a vivir con su padre, el lujo se había convertido en la norma, e incluso una norma de cinco estrellas podía volverse aburrida. Pero aquello... aquello era especial. El sol calentaba el rostro y la brisa era salada y fresca.

Mientras Tino tomaba el timón, Lisa guardó las provisiones en la sencilla bodega que había bajo la cubierta.

–Espero que encontraras el hielo. He traído algo del yate en un cubo.

–No te preocupes, el vino ya está en el cubo –no pensaba dejar que siguiera creyendo que estaba enfadada–. ¿Vas a decirme dónde vamos o todavía es un secreto?

–Ningún secreto... un sitio especial... privado.

¿Privado? ¿Cómo de bien pensaba que tenían que conocerse? El corazón de Lisa se aceleró.

–¿Cuánto de privado? Ésta es tu isla, ¿no?

–¿Por qué no esperas y observas?

Tino tenía razón. La diminuta ensenada a la que se dirigían estaba completamente apartada de todo y lo único que se oía era el aletear de miles de pájaros que huían al acercarse ellos.

–Mira eso –dijo presa de la excitación, olvidando el estado de sus relaciones.

Después de parar la máquina, Tino se unió a ella en la barandilla de la borda.

–Tendremos que nadar. No puedo acercar más la barca.

–¿Y la comida?

–Espera, echaré el ancla.

Lisa miró a Tino en la cubierta. No se parecía a ningún otro hombre de negocios que hubiera visto antes. Ninguno tenía ese torso tan fuerte ni esas piernas tan musculosas.

–La comida...

–¿Qué? Oh, sí, la comida.

–Bueno, ¿dónde está?

–En la bodega.

–Tráela –dijo cruzando los brazos–. Hay una bolsa de hielo hermética en la bodega –gritó Tino cuando ella salió corriendo a buscarla–. Llénala con las provisiones y átala a la cuerda que hay ahí. Cuando lo hayas hecho dame un grito y la subiré.

–Puedo arreglármelas.

–Yo la subiré –se miraron sin parpadear–. Voy un momento a mirar las nasas a ver si hay algo que llevar a Stella –dijo sin detenerse–, ahora voy a por la bolsa de hielo.

Tino izó la bolsa desde la bodega y después se inclinó sobre la borda y la bajo todo lo cerca del agua que le permitió la cuerda. La dejó caer el último medio metro y luego fue a por Lisa.

–No te preocupes, te ayudaré a subir –dijo acercándose a ella.

¿Darle la mano? No, ni en un millón de años.

–A menos que quieras ir hasta la popa...

–No, así está bien –ofreció la mano a Tino y dejó que la alzara.

–Es mejor que te quites esto antes de lanzarte al agua –dijo tirando del chal de Lisa–. ¿Cuántas veces has hecho esto antes?

–¿Te importa?

–No, claro que no.

Se lanzó al agua. Salió a la superficie sacudiendo la cabeza para apartarse el pelo de la cara.

–Ahora te toca a ti, Lisa. No te preocupes, estoy aquí para salvarte.

–¿Por qué no me inspira eso ninguna confianza? – murmuró Lisa.

Cerró los ojos y no dudó. Si lo hubiera hecho habría tenido que ir hasta la popa y bajar por las escaleras con el rabo entre las piernas.

–Menuda zambullida –dijo Tino agarrándola mientras las olas les golpeaban.

Tino se había pasado la cuerda de la bolsa de hielo por los hombros, advirtió ella mientras trataba de no rozarse con él.

–¿Conseguirás llegar hasta la orilla sin mí?

–Creo que podré arreglármelas –cuanto antes se apartara de él, antes estaría segura.

–En ese caso, después de ti –dijo dando un par de brazadas para apartarse y que ella pudiera nadar.

Aquello no era lo que se había imaginado cuando había salido de casa, pensó Lisa, mientras nadaba hacia la playa. Era la primera vez que negociaba en el agua del mar, bajo el sol y con un hombre como Tino Zagorakis. Tenía que estar bien atenta.

–Eres una caja de sorpresas.

Y realmente parecía sorprendido cuando Lisa abrió la bolsa de hielo en la playa. Sacó los botes de crema y el sombrero.

–No soy totalmente insensible, ¿sabes?

Se colocó el sombrero en la cabeza, pero cuando se disponía a echarse la crema, Tino, con la cabeza a un milímetro de la suya, dijo:

–¿Quieres que te eche crema por la espalda?

–No –dijo en un tono más cortante de lo que quería mientras se apartaba de él–, gracias.

Nunca hubiera podido imaginarse que acabaría en una playa con él, casi desnudos. Por lo menos se había podido colocar el chal alrededor de la cintura. Miró a lo lejos para pensar en otra cosa. Se encontraban en una franja de arena de un tono marfil más allá de la cual había un bosquecillo de tamariscos y más allá de estos, algunos retorcidos espinos.

–¿Te gusta esto?

–Me encanta. Es uno de los lugares más bonitos que he visto nunca, pero bueno, también pensé eso cuando vi Villa Aphrodite. Eres un hombre afortunado.

–La suerte no tiene nada que ver.

Lisa se puso tensa. La voz de Tino había cambiado. Le recordó a Jack Bond, esa era exactamente la clase de comentarios que solía hacer su padre.

Después de aquello comieron en silencio, pan, aceitunas, mantequilla dulce y vino blanco. De postre almendras y pasas, lo que le recordó a Lisa algunas bodas.

–Almendras y pasas –Tino abrió el paquete y se vertió en la mano algunas–. Lo dulce y lo amargo, igual que la vida.

Lisa midió la oportunidad y empezó:

–Rspecto a Arianna...

Lisa apreció el cambio de la expresión de Tino. Definitivamente, había mucho más en su relación con Arianna de lo que revelaba. Ella tenía razón al intentar saber más.

–Te he contado todo lo que necesitas saber sobre Arianna.

–Me dijiste que era la hija de Stella, pero...

–¿Pero qué? ¿Qué más quieres saber de ella, Lisa?

«No sobre Arianna... sino sobre ti y Arianna».

–Todavía no lo sé.

–¿Todavía? –la miró pensativo y después sus ojos brillaron como entendiéndolo todo–. ¿Te crees que te he traído hasta aquí para saltar sobre ti?

–Creo que, aunque no mucho, tienes más estilo que eso.

–Eso es muy amable por tu parte. Y para tu información, conozco a Arianna desde el día que nació, si piensas en ella como en mi hermana, tendrás la imagen real.

–¿De verdad? –era mucha más información de la que ella esperaba.

–Ya lo tienes, ¿quieres más?

–¿Más de qué?

–Almendras y pasas.

–Oh, sí... gracias.

Llenó los vasos con más vino. Lo poco que empezaba a saber de él espoleaba más su curiosidad.

–Háblame del precioso piano que tienes en Villa Aphrodite.

–¿Qué quieres saber sobre él?

–¿Tocas?

–Sí.

–¿Solo sí?

–¿Qué más hay que decir?

Sabía que ya le había dado más información de la que tenía su círculo más cercano, pero eso no iba a disuadirla de averiguar más. Tomó el vaso de vino que le ofrecía y dijo como casualmente:

–No es que quiera investigar, pero...

–Si necesito un detective privado –la interrumpió Tino–, sé a quién llamar.

–Así que te gusta tocar el piano.

–Sí, ¿eso es todo?

–Si no te gusta hablar de ello...

–Oh, no –aseguró con sarcasmo–. Me encanta la charla.

–Entiendo.

–Aprendí a tocar el piano de adulto.

–Debes de ser muy bueno –siguió muy despacio–. Eran piezas de mucho nivel.

–Toco bastante bien.

–Supongo que necesitas tener alguna afición.

–¿Supones? ¿Esperas que confirme o niegue tu suposición, Lisa?

–No, claro que no... Lo siento.

–Siempre quise tocar el piano, eso es todo.

–¿Y no pudiste aprender de pequeño?

–No –empezaba a notársele la impaciencia–. No pude ir a clases de piano hasta que no me las pagué yo mismo.

La falta de historia de Tino, le intrigaba. ¿Había borrado cualquier huella de su pasado para ocultar algo terrible que ni siquiera podía imaginar? La idea de que ambos podían compartir algo que sucedía por debajo de la apariencia no era bienvenida, creaba un vínculo entre ellos y ella no quería compartir ningún vínculo con quien tenía el destino de su empresa en sus manos.

–Conocí a Stella cuando era muy pequeño. Tenía un viejo piano y me encantaba su sonido.

Tino había empezado a hablar de su pasado de nuevo, y sin que ella preguntara nada.

–Arianna nació cuando yo tenía siete años.

–¿Os criasteis en la misma vecindad? –maldición... ¿por qué no aprendería a tener la boca cerrada?

–Algo así. ¿Recogemos?

Cambió de repente y supo que aquello era el final de sus revelaciones. Lo supo porque había empleado la misma táctica que ella usaba.

En el viaje de vuelta solo les acompañó el ruido de la maquina y el sonido del agua al golpear contra la madera del barco. Lisa podía entender que Tino amara la vida en la isla y que hiciera tantos esfuerzos por mantener su anonimato. Pero su pasado le seguía intrigando. ¿Por qué tanto secreto? ¿Encontraría algo en Stellamaris?

Mirándolo pensó que Stella tenía razón: los griegos

tenían una afinidad especial con el agua. ¿Habría Tino elegido el nombre de la isla por su anciana amiga? ¿O los padres de Stella le habrían puesto el nombre por aquella hermosa tierra?

–¿Tienes algo pensado para la cena, Lisa?

–¿La cena? –era lo último que tenía en la cabeza. Tino había apagado el motor y se acercaban lentamente al muelle–. No he pensado mucho, supongo que cenaré tarde, en el balcón.

–Sería un buen momento para hablar.

–¿Hablar? –se le aceleró el pulso– ¿De negocios?

–Por supuesto.

Había sonado como impaciente.

–Bueno... –seguía mirándola fijamente.

–*Oy,* Tino! *Opa! Siga... Siga!*

Al oír los gritos se dieron los dos la vuelta justo a tiempo de ver a un hombre gesticulando con furia.

–*Theos!* –exclamó Tino girando violentamente la rueda del timón evitando la colisión por muy poco.

–Casi –dijo Lisa aún impresionada, pero Tino había hecho la maniobra a tiempo y la barca había salido intacta, lo mismo que el Stellamaris Odyssey–. Me imagino que hubiera sido un error caro si te chocas con tu propio yate.

–¿Error caro? –la miró un momento como si todavía no pudiera creer lo que había ocurrido.

Lanzó los cabos a dos hombres que había en el muelle. Agarraron las cuerdas y tiraron del barco sincronizadamente. Era evidente que Stellamaris era el auténtico hogar de Tino, pero ¿qué hacía que un hombre dejara aquel paraíso para buscar mundos que conquistar, negocios que hacer?

Estaba segura de que desde ese momento compartían algo más importante que los negocios. Ambos ocultaban su pasado y, aunque desconocía por lo que había pasado Tino, sabía que el pasado les había dado forma a los dos, les había hecho fuertes... pero también eran débiles.

Capítulo 6

EN EL camino de vuelta desde el puerto, Tino se abstrajo en sus propios pensamientos, concediendo a Lisa todo el tiempo que necesitaba para asimilar todo lo sucedido ese increíble día. Aún le ardían los labios debido a sus besos, y ¿cómo se suponía que iba a olvidar lo que le excitaba?

—Te dejo.

El tinte de las mejillas revelaba su culpabilidad cuando él atrajo su atención.

—Tengo que ir a por las langostas para Stella.

Parecía haber olvidado la invitación a cenar.

—¿Nos vemos mañana a las ocho? —preguntó ella. Y cuando él no respondió, añadió—: No puedo permitir que ganes simplemente porque no llegué a presentarte mi propuesta.

—No necesito esa clase de ventaja, Lisa.

—Esperemos hasta mañana a ver si entonces te muestras tan confiado.

—Lo estoy deseando —dijo dedicándole una de sus enigmáticas sonrisas.

—En ese caso, buenas noches.

Mientras se alejaba, Lisa deseó con locura que la llamara. Nada más separarse ya lo echaba de menos, pasear con él, charlar... Era ridículo, habían compartido un solo día, pero compartir era algo que ella nunca había hecho. La carencia de privacidad en la comuna podría haberlo parecido: no existía el espacio privado, ni las propiedades personales. Ese día había sido completamente diferente, había experimentado algo distinto y se había dado cuenta de que le había gustado. Le había gustado mucho. Mientras abría la puerta de su habitación, Lisa sonrió recordando el momento en que Tino casi había chocado en el puerto. Estaban los dos igual de distraídos. Dejó el baqueteado sombrero encima de la cama. Decidió que se daría un larguísimo baño para olvidar a los peligrosos hombres griegos, tenía que centrarse en los negocios.

Era un baño muy distinto de la sofisticada habitación spa que ella tenía en su apartamento. El estilo de Tino era más tradicional, había historia detrás de cada objeto. Las jarras y vasijas de cristal eran exquisitas. Cada cosa había sido elegida con cuidado o, a lo mejor, eran herencia de sus padres ricos...

La comuna estaba llena de objetos de otras personas. Todo lo que ella tenía en ese momento eran preciosos objetos cuidadosamente seleccionados. Disfrutaba ella sola de auténticas piezas de museo y casi tenía que recordarse a diario que nadie podía obligarla a compartirlas.

Desde el balcón vio a Tino enfrascado en una conversación con uno de los jardineros. Había sido una locura salir al balcón con solo una toalla, pero le atrajo la puesta de sol. La luz hacía parecer a los dos hombres como de otro mundo, lo mismo que las flores que sostenían. Entonces recordó la conversación con el taxista sobre la fiesta de mayo y las casas llenas de flores.

Las celebraciones empezaban el viernes. ¿Habría Tino planeado lo de la semana pensando que iba a estar demasiado ocupado con la fiesta como para dedicarle tiempo a los negocios?

Al menos respecto a ese punto, Lisa se sentía confiada: Tino Zagorakis nunca desaprovecharía la oportunidad de hacer un buen negocio por una simple festividad local.

Tenía que volver a ponerse el traje, pensó Lisa entrando en la habitación, al menos los pantalones y la camisa. No había llevado mucho más que las cosas de playa, una muda de ropa interior, los pijamas... No había esperado estar más que un par de noches.

Abrió el armario y lanzó una exclamación. No estaba ni mucho menos vacío. Pensó que aquella ropa tan bonita sería de Arianna, pero al recorrerla con las manos, descubrió que aún tenía la etiqueta, como si la hubiesen enviado desde una boutique de alto nivel.

Frunció el ceño y se echó para atrás. ¿Habría sido idea de Tino? Si era para ella, no podía aceptarlo, por supuesto que no. Claro, que si iba a quedarse hasta el viernes, algo tendría que ponerse. Pero ya le debía el sombrero y el protector solar...

Una rápida llamada al ama de llaves le confirmó que la ropa era para ella. Tino había calculado su talla con precisión, lo que hacía suponer algunas observaciones con detalle. Lisa sintió calor solo de pensarlo, pero cuando pensó en las cómodas que había en la habitación, lo que experimentó fue pura excitación. Nunca le había sucedido algo así.

Se acercó a los tiradores y abrió los cajones. Una sola mirada la dejó sin respiración. Ropa interior que habría codiciado, estaba apilada en perfectos montones agrupados por colores. Por supuesto que ella se hubiera podido comprar lo que había allí, pero en lo que se refería a la ropa era austera. En la comuna se compartían los vestidos, pero ella siempre había llevado el mismo raído chándal. El hábito había permanecido en ella.

En las raras ocasiones en que su padre le había dado algo de dinero, había gastado lo menos posible, devolviéndole el resto a un hombre que se había sentido más perplejo por la tacañería de su hija, que horrorizado por la imprudente entrega de fondos de su mujer a la comuna. Malgastar el dinero de su padre le resultaba impensable y seguía manteniendo un estricto control sobre sus propios gastos. Aquella abundancia era como todos sus cumpleaños juntos...

Según vio algunas de las prendas, supo que la decisión estaba tomada. Era posible que estuviera destinada a cenar sola, pero se vestiría para matar. Eligió una elegante falda larga de seda gris y una camisola a juego con una gasa por encima del mismo color y tonos lilas. Se había quedado aturdida al descubrir en uno de los cajones unos pendientes de hermosas amatistas en una pequeña caja de terciopelo. Nunca llevaba joyas, pero aquellos pendientes eran preciosos... Y quien los hubiera elegido tenía un gusto exquisito.

Se volvió al oír que llamaban a la puerta, sintiéndose un poco loca mientras corría a abrir. Estaba vestida para una ocasión especial, no para comer sola en el balcón.

–¡Oh! –exclamó ante el enorme arreglo floral que la doncella sostenía ante ella.

–Para usted, *thespinis* Bond.

–¿Seguro?

La muchacha la miró.

Claro que estaba segura, se dio cuenta Lisa, poniendo sus neuronas en funcionamiento mientras se apartaba para dejar entrar a la chica en la habitación.

–¿Las pongo aquí para que pueda verlas desde la cama?

–Sí, por favor. Es el lugar ideal... Son magníficas.

–Son todas de los jardines de Villa Aphrodite.

–Oh.

–Casi lo olvido, *thespinis* Bond. Aquí hay una tarjeta para usted.

Lisa esperó a que se hubiera marchado la doncella para abrir el sobre. El corazón le latía enloquecido al leer la firma. *Sería maravilloso que compartieras la cena conmigo esta noche. Tino.*

Así que no se había olvidado. Estaba excitada y preocupada al mismo tiempo. Una parte de ella deseaba aquello porque era lo más romántico que le había pasado nunca, pero, por otro lado, sabía que tenía que desconfiar de los motivos de Tino. ¿Sería aquello parte de sus planes sobre el negocio? ¿Una estrategia para suavizarla? Mientras miraba embobada las flores sintió otra ligera llamada a la puerta. Abrió y se encontró a la misma doncella.

–Siento volver a molestar, *thespinis* Bond, pero *Kirie* Zagorakis quiere conocer la respuesta ahora. ¿Cenará con él o prefiere hacerlo sola en la habitación?

–Dígale que... –miró al balcón. Fueran cuales fueran los motivos de Tino no pensaba quedarse escondida en su cuarto–. Dígale que bajaré en un momento.

No podía entretenerse mucho, pensó Lisa. Una pizca de perfume, un toque de brillo de labios y estaba lista...

Tino se volvió en el momento en que ella salía a la terraza. Como si hubiera sentido su presencia antes de verla.

–Estás muy guapa.

–Gracias. Tú también pareces diferente –observó secamente.

–Sí, bueno, pensé que podía hacer un esfuerzo –dijo en tono informal.

Mientras se miraban, Lisa fue consciente de que estaba sonriendo. Tenía que mantener las distancias si quería permanecer inmune a Tino. Llevaba un esmoquin negro que le hacía más guapo que nunca, si era posible. La camisa blanca, con el cuello abierto, era un deslumbrante contraste contra la piel bronceada.

Era tan guapa que lo más fácil del mundo sería olvidarse de los negocios. Pero ese era el objeto de cada momento que pasaba con ella. También sería fácil olvidarse de la cena y simplemente llevarla a la cama...

Nunca había sentido un deseo semejante por ninguna mujer. Y ¿por qué iba a refrenarse cuando no había ninguna razón para hacerlo? El tiempo se agotaba. La ropa que había encargado a los mejores diseñadores de Atenas le había gustado, evidentemente, si no, no se la habría puesto.

No podían quedarse así, mirándose el uno al otro, para siempre, pensó Lisa, sonriendo mientras se acercaba a él. Nunca buscaba la aprobación de los hombres, pero por alguna razón le importaba lo que Tino pensase de ella.

–Estás preciosa, Lisa –dijo llevándose la mano de ella a los labios.

Cuando la tocó, un escalofrío recorrió su espalda, así que intentó soltarse la mano, pero era demasiado tarde.

Tino buscó su rostro. Lo miró y escuchó un pequeño grito, luego se dio cuenta de que era su propia voz y de que Tino la tenía en sus brazos.

Cuando entró a la casa con él parecían haber desaparecido todos los sirvientes. Subió las escaleras despacio con ella segura en sus brazos. Cuando llegaron al final la dejó en el suelo suavemente y abrió una puerta. Al mirarlo, Lisa se dio cuenta de que los ojos de Tino reflejaban su propia necesidad. Cedió a un impulso y le pasó los brazos alrededor del cuello. Él la miró durante unos segundos como para confirmar algo.

Lisa no estaba segura de quién de los dos se había movido primero, lo único que quería era que Tino la abrazara fuerte. Se besaron mientras ella hundía sus dedos en el pelo de él, manteniéndolo apretado contra ella con el hambre que produce toda una vida de ayuno. No le importaba nada, solo que Tino no le dejara irse y que esa vez no se quedara insatisfecha, porque lo quería todo de él, sin límites, sin dudas...

Eran como dos animales en celo, salvajes, primitivos, desesperados, hambrientos. Un hambre que solo una cosa podía saciar.

—Te deseo —jadeó Lisa mientras Tino la alzaba en sus brazos.

—*Thee mou!* Yo más —dijo con voz ronca mientras la llevaba a la cama.

—No, no la rompas —dijo cerrando las manos para proteger la gasa, consciente de pronto de lo que iban a hacer.

—Te compraré otra, *thespinis mou*.

—Me gusta esta.

—Entonces, quítatela —ordenó con aspereza—. Quítatela para mí, *yineka mou*.

Lisa estaba jadeando con los ojos muy abiertos. Él estaba igual y eso hizo que se sintiera segura. Lisa deshizo el nudo de la gasa y la dejó caer. Mientras caía al suelo no sintió miedo, había algo entre ellos que, por alguna razón, hacía que confiara en él.

—Continúa —dijo él perezosamente.

—No —dijo mirándolo con fiereza—. Es demasiado para una sola parte.

Rápidamente, Tino se quitó la chaqueta.

—Líbrate de eso —podía ver que él estaba tan excitado como ella y que le estaba indicando que era su turno.

Despacio, bajando los tirantes de la camisola de seda de sus hombros, Lisa la dejó caer. Después, agachándose, la recogió del suelo con un dedo. No llevaba nada debajo.

—¿No te da vergüenza? —murmuró Tino agradecido.

—Ninguna —dijo Lisa bajando la mirada para comprobar lo levantados que estaban los pezones. Levantó la cabeza y lo miró a los ojos.

—Lo que yo esperaba —y rápidamente se desabrochó los botones de la camisa.

—Quítatela —dijo con voz firme, y una vez que él

hubo obedecido, le premió arqueando la espalda y mostrando los pechos en su mejor forma.

Dejándose caer en los almohadones de la cama, Lisa apreció la prominencia de su erección.

–¿No te da vergüenza? –preguntó ella con voz de deseo.

–Ninguna... ¿te gustaría que tuviera?

–Es un poco tarde para eso, imagino –Lisa notó cómo temblaban sus manos mientras desabrochaban el cinturón de la falda.

Deslizando el dedo por debajo de la cintura de la falda, Lisa cerró los ojos y dejó que la columna de seda cayera a sus pies.

–Y ahora el resto –insistió Tino refiriéndose a las transparentes bragas que llevaba.

Lisa negó con la cabeza.

–Es tu turno...

–¿Quién va a obligarme?

–Yo –dijo casi sin respiración; pero no pudo moverse hipnotizada por sus labios.

Tino se tumbó en la cama y se agarró a los barrotes metálicos del cabecero.

Lisa recogió la gasa y se dirigió a la cabecera de la cama.

–¿Qué vas a hacer con eso?

–Voy a atarte y después a hacerte lo que quiera...

–No creo.

Fue muy rápido. En un momento pasó de estar de pie a estar tumbada de espaldas en la cama.

–He tenido que salvarte de ti misma –explicó Tino imitando un gesto de contrición–. Sabía lo importante que la gasa era para ti, ¿cómo iba a dejar que la usaras para atarme?

Lisa gimió al sentir sus dientes en el lóbulo de la oreja.

–Me preguntaba si podrías comprarme otra.

–Lo haré –aseguró–. Te compraré mil, si quieres, pero no dejaré que me manejes, Lisa Bond.

–¿Prefieres la postura del misionero, entonces? –dijo con una mueca de diversión mientras lo miraba a los ojos.

–El placer es lo que prefiero para ti. Pero placer en mis términos, no en los tuyos.

De alguna manera ella se las arregló para escabullirse.

–Entonces no habrá placer para ninguno de los dos.

Se incorporó y volvió a agarrarla.

–Yo decido sobre los niveles de placer en esta relación.

–¿Sí?

–Solo respóndeme a una cuestión. ¿Me deseas?

–Sí, te deseo... –Lisa dudó y después admitió suavemente–. Te deseo más que a nada en el mundo.

Tino luchó contra los sentimientos que se le amontonaban en el pecho. Aquello no tenía nada que ver con las emociones, solo quería darle más placer del que hubiera conocido antes, un placer que recordara toda la vida, que hiciera que cualquier otro hombre se quedara corto a su lado... Concentró su atención en las diminutas bragas que llevaba. Apretó la palma de la mano contra su vientre y sintió su estremecimiento de deseo subir por el brazo. Lisa temblaba de pasión y él deslizó el dedo por debajo del borde de las bragas para acariciarla.

–No pares, Tino –se retorcía de placer.

–¿Qué me estás pidiendo que te haga? Tienes que decirme exactamente lo que quieres o cómo voy a saberlo si no.

–Tú sabes lo que quiero que hagas –dijo con fiereza.

–Pero tengo que oírlo de tus labios –dijo frotándole con la yema de uno de los pulgares el labio superior.

–Quiero que...

–¿Sí? ¿Quieres qué? Tienes que decírmelo, Lisa.

–Yo... –dudó y, entonces, apreció el cambio en la expresión de sus ojos. Era tan intuitivo que no iba a tener que explicárselo.

–¿Eres virgen? –se puso serio de repente.

–No exactamente. Solo nunca... –se ruborizó.

–¿Qué significa «no exactamente», Lisa? Se es o no se es virgen. Es una de las pocas verdades absolutas en la vida.

–Nunca he mantenido relaciones sexuales con un hombre.

–Eso no es tan malo, ¿no? –la tomó de la barbilla para que no pudiera evitar su mirada.

–No es tan sencillo. Nunca he tenido tiempo para una relación. Pero en mi apartamento tengo un cajón lleno de...

–Por favor, no necesito que me des todos los detalles –sonrió malvado–. Si lo haces puede que me convenza de que los rumores que se oyen son ciertos.

–¿Qué rumores? –se puso a la defensiva.

–Que las mujeres muy pronto seréis capaces de hacerlo todo sin los hombres.

–¿Por qué será que no te creo? –sonrió de nuevo relajada.

–¿No crees que tenga inseguridades?

Lisa levantó una ceja.

–Te sorprenderías –dijo él.

–Desde luego que lo haría.

No podía seguir jugando mucho más tiempo. No podía esperar más, nunca se había sentido así. La atrajo hacia él, le dio la vuelta y la tuvo bajo su cuerpo en un momento. La besó hasta que pudo sentir su deseo. La colocó encima de modo que pudiera agarrar sus nalgas y acariciarla de un modo que estaba seguro que le gustaría.

–Tienes que parar de hacer eso –dijo ella.

–¿Por qué?

–Porque es tan bueno...

–Eso es lo único que hace falta para animarme a seguir.

Gemía de placer indefensa ante las caricias, saboreando el modo en que masajeaba sus nalgas mientras presionaba contra su rígida erección.

–Qué bueno... –un escalofrío de lujuria recorrió todo el cuerpo de Lisa mientras miraba a los ojos a Tino–. Me gustaría...

–¿Te gustaría qué?

–Sigue –sonrió.

–En ese caso... –la agarró de la cintura y le dio la vuelta poniéndola debajo de él.

Ella nunca había hecho algo así con nadie. Nunca había confiado lo suficiente en nadie. Con Tino era diferente, no le tenía miedo... y eso ocurría porque cuando la tocaba, incluso aunque la tuviera sujeta debajo de él, sabía que nunca se olvidaría de sí mismo, nunca olvidaría lo débil que ella sería oponiéndole resistencia. Sabía cuándo sujetarla y cuándo soltarla. Había sabido manejar su fuerza hasta conseguir que ella se sintiera segura.

El calor de su corazón estaba a punto de vencerla, se dio cuenta Lisa al sentir cómo los ojos se le llenaban de lágrimas. Sus miembros ardían ante la sola idea de hacer el amor con él, pero había algo incluso más convincente creciendo dentro de ella... ¿Ternura? ¿O podría ser amor? Era algo que no había sentido nunca antes, así que era difícil estar segura... Y entonces Tino comenzó a chupar uno de sus pezones y ya no pudo pensar más...

Lisa suspiraba de placer mientras hundía los dedos en el pelo de Tino para obligarle a seguir. ¿Por qué no sabía que existía un placer semejante? ¿Por qué no lo había sentido nunca así? Cuando Tino se detuvo para mirarla a la cara, Lisa emitió un sonido de desagrado, y siguió haciéndolo hasta que él encontró el otro pezón y lo chupó también.

–Eso está mejor –aprobó ella–. Me gusta.

–¿De verdad? –dijo apoyándose en un codo para poder mirarla– ¿Y yo solo existo para tu placer?

–No veo por qué no.

Lo miró y él pudo sentir su fuerza y su certeza. Eran dos auténticos luchadores.

–Entonces, ¿no te parece que podrías quitarte eso?

–Déjame –insistió ella y la miró mientras desgarraba las frágiles bragas.

Su descaro lo excitó. Las pequeñas bragas eran mucho más un estorbo para ella que para él. Aquello era un reto entre iguales; cada uno quería ver hasta dónde podía llegar el otro.

–Túmbate –murmuró deseando darle placer–. Túmbate y abre las piernas.

Ella se mostró claramente impactada por la sugerencia, sus ojos brillaban más que nunca y sus mejillas estaban rojas de excitación. Él arrastró el dedo muy despacio entre sus piernas para comprobar lo húmeda que estaba. Cerrando los ojos, Lisa gimió, cuando él se detuvo abrió los ojos completamente.

–Eso no está bien.

–¿Qué no está bien? –se incorporó para mirarla.

–Has sonado tan severo –pareció que le agradaba. Se puso de lado y apoyó la barbilla en la mano para mirarlo–. Eres severo –observó–. Mmm, me gusta.

–¿De verdad? –sus sentidos rugieron cuando entendió lo que quería decir.

–Sí, mucho.

Cuando se lanzó a por sus pantalones, la agarró de las muñecas para detenerla.

–Eres una niña muy mala, ¿verdad, Lisa?

–Si soy mala, ¿me castigarás? –respondió.

Se le quedó la respiración en la garganta al ver la mirada de ella. Cuando lo miraba así le daban ganas de ponerla encima de sus rodillas y... Esa vez le iba a dar exactamente lo que ella quería. No podía creer lo que le estaba pidiendo que hiciera; tampoco podía creer cuánto deseaba hacerlo. La idea de ocuparse de esas impúdicas curvas hacía que le ardiera la garganta de anticipación. Tenía una cintura extremadamente estrecha, lo que enfatizaba la rotundidad de las caderas y, desde su posición, las nalgas aparecían como un perfecto globo rosa... rosa pálido. Le estaba señalando con él en ese momento mientras la miraba, casi como si pudiera leer sus pensamientos... y lo retorcía un poco como para tentarle aún más.

–¿Me estás pidiendo que te ponga sobre mis rodillas?

–¿Lo harías? –sonó más a ruego que a pregunta.

–¿Quieres que lo haga, niña mala?

–Puede ser... si eres capaz de agarrarme.

–¿Qué?

–¿No te creerás que voy a someterme a ti, Tino?

–No estoy seguro –le ardían los sentidos. Le estaba invitando a entrar en una pelea que ambos sabían tendría una única conclusión.

–Las niñas malas, no se dan la vuelta y se someten.

–¿No? –le lanzó una mirada de firmeza.

–No... son rebeldes, y astutas, y...

Chilló cuando la agarró, y entonces rodaron una vez, dos... hasta que se cayeron de la cama.

Ella se reía, observó con alivio.

–¿Estás bien?

–Lo estaré pronto –prometió provocativa–. Supongo que tengo que agradecerte que me pusieras encima para amortiguar la caída... Debería estar contenta de que tengas esos reflejos.

Todo se había convertido en una broma. Se había apartado de él y se puso a gatas mirándolo como si fuera un gatito. Las nalgas bien altas, colocadas para concederle ventaja. Saboreó el momento convencido de que ella no podía saber el efecto que aquella visión tenía en él... pero empezó a contonearse, incluso las levantó un poco más, demostrando que ella sabía exactamente qué estaba haciendo.

–Eres una niña mala –apuntó él.

–Tino... lo quiero.

Jadeó cuando él se puso detrás de ella, se arrodilló en el suelo y golpeó suavemente con la mano la grupa desnuda.

–Abajo –dijo con suavidad.

Le obedeció de inmediato, apoyando la cabeza en los brazos de modo que las nalgas se alzaran todo lo alto que era posible. Le dio algunos golpes más y tuvo la satisfacción de escucharle pedir más. Los siguientes acabaron con una caricia que fue el preámbulo de ponerla de pie, sosteniéndola delante de él casi rozándose los rostros.

–No tenía ni idea de que esto iba a volverse tan enérgico, casi peligroso.

–¿Te doy miedo, Tino? –le susurró las palabras en la boca.

Le descolocaba más que ninguna otra mujer que hubiera conocido... Le había llevado más lejos de lo que nunca había creído que pudiera llegar con una mujer.

–Sería más apropiado preguntar si tienes tú miedo de mí –buscó sus ojos.

–¿Estoy más en peligro si hago esto?

–Oh –murmuró mientras las manos de ella lo agarraban a través de los pantalones.

–Me alegro de que me entiendas.

–Te entiendo –dijo mientras ella buscaba la cremallera para abrirla.

–Déjame –susurró Lisa.

Alzó las manos para no molestar.

–Eso está mejor –le sostuvo la mirada mientras lo desnudaba y solo la separó cuando tuvo que agacharse para quitarle los pantalones completamente y arrojarlos lejos–. Ahora tendrás tu recompensa.

Pero cuando se acercó más a él, la apartó de su lado.

–No antes de que yo te dé la tuya.

–Si insistes.

Y él insistió...

Capítulo 7

LISA chilló de excitación cuando Tino se unió a ella. Cuando la colocó encima de él, lo besó en los labios.

–Ahora no te vas a escapar.

–Eso espero –murmuró él–. ¿Empezamos?

–Por favor –gimió.

Ya no había barreras entre ellos. Todavía jugó con ella, manteniéndola apartada de él, negándole cualquier satisfacción. La agarraba de la barbilla y le acariciaba en la sensible zona debajo de la oreja... pero cuando ella trataba de besarlo, la rechazaba con un grave sonido.

–Me vas a volver loca acariciándome así –se quejó sin respiración.

–Loca no, solo más excitada –observó cínicamente.

–Pareces tan frío –se rio.

Se apartó para poder recorrer con la vista toda la longitud del tembloroso cuerpo de ella.

–Tómame, Tino, tócame.

Sus palabras le guiaron. Nunca había estado tan excitado, pero debía mantener el control... de forma que le proporcionara más placer del que ella hubiera soñado.

–No me hagas esperar más –reclamó ella con fiereza.

La agarró de las muñecas y la sujetó colocándole las dos manos por encima de la cabeza, manteniéndola sujeta con un puño contra la almohada. No trató de resistirse.

–¿No te resistirás más, verdad?

–Yo no he dicho eso, pero si usas la fuerza... no tengo respuesta.

La soltó de inmediato y ella saltó al otro lado de la cama para mirarlo, acariciarlo...

–Soy una niña mala, Tino... ¿lo has olvidado?

–No he olvidado nada, Lisa, pero antes de que te dé lo que quieres, tienes que aceptar mi autoridad.

Ver el cambio en los ojos de Tino hizo que se retorciera de deseo.

–¿Puedes dominarme?

–Déjame hacerte una pregunta, Lisa... ¿Quieres que te dé placer?

–Sabes que sí.

–Entonces tienes que convencerme de que te someterás.

–Nunca –su expresión tentó a Tino todavía más.

–¿Nunca? –preguntó con suavidad–. ¿Quieres que vuelva a azotarte?

Lisa casi no podía respirar de la excitación. Tenía los labios húmedos mientras lo miraba embelesada. Se retorció mientras volvía a colocarla en sus rodillas. El súbito impacto de la cálida mano de Tino en su piel era tan bueno. Lisa volvió a chillar y serpenteó con las nalgas para expresar su aprobación. La presión de sus duros muslos contra ella era electrizante, además daba unos azotes perfectos. Sabía que tenía que despertar en ella todo y lo había conseguido.

Deslizó la mano y los diestros dedos, cálidos y firmes, caracolearon por las nalgas hasta que despacio, muy despacio, tocaron donde ella quería que la tocaran. Nada le había hecho sentirse tan bien, pero seguía sin ser bastante.

–¿Cómo puedes acariciarme así?

–¿Acaso te he dado permiso para cuestionar mis acciones, niña mala?

Con cada palabra, la mano de Tino aterrizaba con firmeza en la rosada redondez de las nalgas de Lisa hasta llegar a hacerle pensar a esta que iba a sufrir una sobredosis de placer.

–¿Has aprendido ya la lección?

–¡No! –exclamó Lisa todo lo alto que pudo con la cara hundida entre la ropa de la cama mientras se balanceaba antes del mayor clímax de su vida–. Necesito mucho más. Oh... –suspiró de placer al cambiar él las palmadas por golpes.

Se movía, frotándose contra él, levantando las nalgas hacia su mano, invitándole a seguir golpeándola con aquellos deliciosos azotes. Estaba más excitada de lo que lo había estado nunca. Necesitaba aquello. Hacía que confiara en él, mostrándole qué diestro podía ser con la mano derecha. Tenía que tenerlo ya, todo.

–De acuerdo, de acuerdo... Me someto.

Tino la soltó y la dejó encima de los mullidos almohadones.

–Dilo entonces.

–¿Decir qué?

–Yo, Lisa Bond...

–Yo, Lisa Bond... –repitió sosteniéndole la mirada.

–Me someto a cualquier cosa que decidas que me dará más placer.

–Es demasiado largo para recordarlo –se quejó acercándose a él.

–Sométete –dijo arrastrándola hasta él.

Los ojos de Lisa se oscurecieron mientras lo miraba.

–No sin luchar.

–Por supuesto. Odio desagradarte.

Y esa vez, cuando Tino la besó, no le negó nada. Solo el tacto de su cálida piel desnuda contra su cuerpo le arrancó gritos de placer. Sentía sus brazos fuertes y firmes alrededor de ella, la besaba apasionadamente, tiernamente, permitiendo que le mostrara lo que ella quería, y respondiendo entonces con más destreza de la que ella hubiera nunca podido imaginar que un hombre tuviera.

–Oh, Tino, amo...

La calló con un beso, con miedo a lo que ella pudiera decir, asustado por la profundidad de los sentimientos que brotaban dentro de él.

–¿Tino?

Cuando vio la expresión de sus ojos, Lisa apartó la vista. Mirar a sus ojos era como mirar a un espejo, estaban vacíos. Estaban los dos tan asustados de sufrir de nuevo, habían sufrido de niños lo suficiente para toda una vida.

–¿Me harás el amor ahora?

Sonrió despacio. Era la mujer más deseable que había conocido nunca y le estaba incitando.

–Nunca antes me han tenido que recordar lo que es mi deber.

–¿Tu deber? Y no quiero escuchar nada sobre «antes».

Ella tenía razón. Era virgen. Tenía que ser especial. Se aseguraría de que lo fuera.

–Tengo que asegurarme de que es eso lo que quieres.

–Yo estoy segura... además no creo que necesites que te inciten mucho –deslizó las manos alrededor de él.

El aire se le escapó de los pulmones al tocarle ella.

–Eso está muy bien.

Nunca había poseído a una mujer tan cuidadosamente, tan tiernamente. La única experiencia de Lisa provenía de sus propias manos. Él podía entenderlo, tenía sentido: así ella mantenía siempre el control. Eso le hacía estar muy atento a ella, especialmente sensible a su respiración, a la mirada de sus ojos, el gesto de su boca y el tacto de sus manos en su cuerpo. Quería que fuera perfecto para ella. Quería que fuera una primera vez que ninguno de los dos pudiera olvidar nunca.

Lisa respiró con fuerza cuando Tino entró en ella y después más suave cuando apreció en él una breve duda. No quería que pensara que le estaba haciendo daño y parara. Su talla fue una agradable sorpresa. Nunca se hubiera imaginado que fuera así, que ningún hombre pudiera ser tan tierno, que pudiera sentirse tan cuidada, tan segura.

—Por favor, Tino... por favor, no pares.

Acariciándola con sus grandes y cálidas manos, hizo lo que ella le pedía. Gimió de placer al sentir cómo ella tensaba los músculos para recibirle más dentro.

—¿Estás segura de que es esto lo que quieres? —se arrimó a su cuello mientras ella se retorcía debajo de su cuerpo.

—Sí, pero lo que más quiero es darte placer.

—Me estás dando placer —aseguró él.

Hizo sus embates más profundos y lentos. Le daba el mayor placer que podía mientras la sedosa suavidad del cuerpo de ella se apretaba al suyo convulsivamente. Aplicó algo más de presión al final de cada movimiento mientras que ella lo miraba con incredulidad.

—Es tan bueno —dijo ella casi sin respiración—. Por favor, no pares... no pares nunca.

Sus uñas le recorrieron la espalda. Apenas sintió el dolor mientras aminoraba el ritmo para mantenerla bordeando el abismo de intenso placer todo lo posible. Pero entonces, la tensión de su rostro, el hambre de sus ojos, le hicieron sentir que se aproximaba a un placer más allá de su entendimiento. Con unos pocos embates más consiguió que ella cruzara el límite.

Emitió un grito continuo, como de alegría, como si los potentes espasmos no fueran a terminar nunca. La sostuvo firme y tuvo que aplicar toda su fuerza para mantenerla en esa posición sin hacerle daño para estar seguro de que no se perdía ni un solo momento de placer.

La tranquilizó después con largos y suaves movimientos mientras ella volvía a retorcerse.

—¿Aún no estás satisfecha?

–Nunca tendré bastante de ti –admitió sabiendo todos los significados que aquello podía tener.

–¿Qué más tienes en la cabeza?

Quería una cosa, pero Tino quería algo más. Y ella quería demasiado.

–¿Qué te parece montarte a ti para someterte? –dijo Lisa sacudiendo el pelo provocativa.

–Hasta el final, por favor.

–Si insistes.

–Insisto –aseguró Tino mientras la colocaba encima de él.

Se asentó sobre él despacio, y empezó a frotarse rítmicamente.

–No –dijo con suavidad–, déjame que yo haga eso.

Ella jadeó y quedó inerte mientras los dedos de él la encontraban y suavemente empezaban a trabajar.

–No voy a ser capaz de mover ni un músculo si no paras de hacer eso.

–Entonces tendré que parar –dijo él como si lo lamentara–. Te estoy haciendo cumplir tu promesa.

Cuando apartó la mano ella empezó a moverse de nuevo recibiéndole todavía más profundamente. Luego, bromeando, se detuvo para hacerle esperar, pero él no estaba dispuesto y la agarró de nuevo con sus manos. El ánimo de Lisa empezó a elevarse en cuanto Tino tomó el control, cuando sus miradas se cruzaron, en ese momento, los dos eran uno. La acarició con delicadeza, persuasivo, hasta que ella ya solo pudo moverse convulsivamente al ritmo que él había elegido hasta que ambos llegaron juntos al clímax violentamente.

Dormir entre los brazos de Tino había sido casi lo mejor de todo, pensó Lisa. Se había despertado en medio de la noche y estaba trazando la línea de sus labios con un dedo. Gimió cuando el capturó la punta con la boca.

–Pensé que estabas dormido.

–Apenas –entrecerró los ojos para mirarla–. En realidad, necesito dormir poco.

–Eso está bien.

–¿Por qué? –dijo poniéndose al lado de ella

Se acomodó más cerca de manera que pudiera tocarla mientras entraba en ella.

–Eres toda una mujer –murmuró después cuando estaban ya los dos tumbados, entrelazados uno al lado del otro.

Lisa solo pudo hacer algún ruido y arrimarse más. Se sentía tan segura como si volviera a casa después de una dura jornada.

–¿Sabes lo especial que eres? –susurró Tino mientras acariciaba el pelo de Lisa.

Su respiración le decía que estaba dormida. Era mejor que fuera así para que no pudiera escuchar aquellas palabras que podían llevar a conclusiones erróneas a cualquiera de los dos.

El instinto le decía que se apartara cuando aún estaba a tiempo. Solo había un posible final para aquello y era el mismo que había concebido el día que entró en la sala de juntas de Bond Steel. Y ella le odiaría cuando se quedara con su empresa...

La luz de la luna entraba en la habitación cuando Tino se incorporó en la cama. Se había quedado tan profundamente dormido que casi no podía creer que hubiera vuelto la vieja pesadilla. Saltó de la cama y se dirigió a la ventana. Miró pero no vio nada.

¿Cómo podía un hombre reconocer que tenía pesadillas? ¿Cómo podía vivir con semejantes imágenes en su cabeza? ¿Por qué no era suficientemente fuerte para librarse de ellas?

Oyó agitarse a Lisa, abrió con cuidado la puerta del balcón y salió fuera. Se apoyó en la balaustrada de piedra y miró hacia el horizonte. Stella era lo más parecido que tenía a una amiga, e incluso Stella Panayotakis no sabía todo lo que le había pasado en el orfanato. Era mejor que no lo supiera nunca... Y todo ese pasado le había hecho el hombre que era. Le había dado una isla privada, inimaginables riquezas y respeto a lo largo de todo el mundo, lo único que nunca podría darle era capacidad de amar.

Miró al interior del dormitorio y vio el pelo de Lisa extendido en la almohada. Su rostro, profundamente dormida, era pálido y confiado como el de una niña, a la luz de la luna... Sus ansias de competir con ella, de dominarla, le habían abandonado. Si hubiera sido capaz de amar, habría amado a Lisa Bond. Pero aprender a amar era un lujo que nunca podría pagarse. Y, más importante, se había embarcado en un viaje que no podía compartir con nadie... un viaje que duraba toda la vida y que exigía todo de él, un viaje que le llevaba de negocio en negocio, a la búsqueda sin fin de dinero para construir sus sueños, para desarrollar su proyecto...

Le avergonzaba tener que triunfar sobre ella. Quitarle Bond Steel a Lisa era una victoria que no necesitaba... pero había algo que podía hacer para tranquilizar su conciencia. Compraría su fábrica de motores. Le daría el respiro que tan desesperadamente necesitaba... Daría un poco, solo esa vez. Le hubiera gustado hacer más por ella, pero cualquier cosa a nivel personal estaba fuera de su alcance. Tino miró a las estrellas. Era un hombre al que la gente envidiaba, un hombre que podía comprar lo que deseara, pero era un hombre sin nada, porque no tenía nada que dar. No tenía nada que ofrecer a Lisa que no fuera dinero o sexo, y ella se merecía algo mejor que eso. Alguien mejor que él.

Lisa se despertó en otro precioso día. Cada día era más hermoso que el anterior en Stellamaris. Se estiró en la cama de Tino y sintió el espacio vacío a su lado y miró a su alrededor. La habitación estaba vacía. Estaría nadando, pensó.

Incorporándose se dedicó a inspeccionar la habitación. Una malévola sonrisa se dibujó en sus labios. No lo había visto todo la noche anterior porque Tino concentraba toda su atención.

Era como había esperado: el espacio de un hombre, suelos de mármol, equipo de sonido puntero, paredes lisas, colores neutros y un par de piezas extraordinarias de arte moderno en la pared. Hockney, identificó Lisa al reconocer las vibrantes imágenes creadas por el artista británico de Bradford.

«La habitación de Tino», pensó sonriendo. Nunca se había sentido así. Llevaba esperando a Tino Zagorakis toda la vida. Incluso cuando había hecho el mayor de los negocios, o cuando recordaba el día que su padre le había transferido el reinado sobre Bond Steel... Nada podía ni acercarse a cómo se sentía en ese momento después de pasar la noche en los brazos de Tino.

Se había sentido segura. Tratada con cariño por primera vez en su vida. Nunca había conocido el afecto; nunca había sabido lo maravilloso que podía ser un gesto, una caricia, una simple mirada de alguien a quien le importara quien eres. Además Tino le había hecho el amor... realmente le había hecho el amor. Así que debía de quererla al menos un poco, incluso aunque expresar las emociones no le resultara fácil. Y qué amante. Lisa movía su cuerpo en la cama al recordar todos los detalles. Nunca se había imaginado que el sexo pudiera ser tan divertido. Se habían reído juntos, se habían deseado. Se reía en ese momento dejando caer lágrimas de emoción. Nunca se había visto a sí misma como una persona emocional. Se había pasado la vida ocultando las emociones. Pero una sola noche con Tino la había sumido en una confusión emocional. Lo que sentía por él era tan maravilloso, tan inesperado. No tenía ni idea de cómo iba a manejarlo.

Salió de la cama y fue a la caza del cuarto de baño. Puertas y puertas, armarios, vestidores... Encontró el baño, como había esperado, era fabuloso. Mármol negro, una ducha como para un equipo de rugby.... Había visto cosas parecidas en las revistas, pero ninguno se acercaba a ese nivel de opulencia. Una vez duchada y vestida con un pantalón de algodón color crema y una camisa de manga corta azul celeste, supo exactamente lo que quería hacer...

Esa habitación necesitaba un toque femenino, reflexionó Lisa mientras se recogía el pelo en una coleta. Flores... como las que había enviado Tino a su habitación, solo que mejores que aquellas. Bajaría y pediría ayuda al jardinero.

La cocina estaba en plena actividad cuando encontró a la muchacha que había llevado las flores a su cuarto.

–Estas flores son para *Kirie* Zagorakis –explicó Lisa–. ¿Puede ayudarme con ellas, Maria? ¿Tiene un jarrón?

–*Malista*... claro, *thespinis* Bond –Maria miró hacia donde estaban sus compañeros.

Lisa pensó que la joven parecía un poco nerviosa.

–Parece que hay mucho trabajo, ¿está segura de que no la molesto?

–No, estoy encantada de ayudarla –aseguró Maria–. Venga por aquí, puede arreglarlas en la pila que tenemos para estas cosas.

Las flores eran magníficas. Lisa había elegido los rojos, naranjas, verdes y rosas del cuadro de Hockney. En la habitación decidió colocarlas en la mesa de estilo sueco que había enfrente de la pintura.

–Perfecto –exclamó admirando su obra.

Solo le quedaba encontrar a Tino y darle la sorpresa. ¿Por qué no iban a recibir los hombres detalles románticos? No podía esperar a ver su cara cuando lo llevara hasta su dormitorio.

Tino frunció el ceño. Lisa no estaba en su cuarto de invitados. Nadie parecía saber dónde estaba. Podría haberla despertado, pero dormía tan llena de paz. Llamó al ama de llaves y le pidió que enviara a alguien a la playa a buscarla. La cocina estaba en plena ebullición, podía oír todo el jaleo. Estaba contento de que su casa funcionara igual de bien que cualquier otro de sus negocios.

Capítulo 8

LISA...
   Lisa palideció y Tino dio un respingo.
   Se sintió mareada... mareada y estúpida a la vez. No fue un sentimiento que se desarrollara gradualmente en ella al mirar alrededor de la sala a la que la había conducido Maria; fue más bien repentino, como un puñetazo en el estómago.

Los hombres colocados alrededor de la mesa de reuniones iban todos vestidos con trajes. Tino, por supuesto, iba informal, pero en su particular estilo que denotaba rango y autoridad. Todo el mundo la miraba... y aquellos hombres, sus hombres, junto al equipo de dirección de Tino, habían sido elegidos para hacer negocios, no para tener compasión. Se encontraba terriblemente expuesta, sin maquillaje, el pelo simplemente recogido, descalza, con ropa sencilla.

Tenía que agradecer a Tino que diera la vuelta a la mesa y fuera hacia ella al instante.

–Discúlpenme, caballeros, estoy con ustedes en un momento.

La sacó fuera, cerró la puerta tras ellos sin hacer ruido y se apoyó en ella como si quisiera asegurarse de que no pudieran seguirles.

–No sabía... –dijo Lisa antes de que Tino cerrara los ojos como para aceptar parte de la culpa y el momento en que ella entró en la sala hubiera sido igual de bochornoso para él.

–No te encontraba nadie. ¿Dónde demonios estabas?

–En el jardín –dijo con voz temblorosa–. En la cocina y después de vuelta a tu habitación.

–No te han debido de encontrar. Traté de buscarte, Lisa, para avisarte de que teníamos una reunión de emergencia... Mandé gente a buscarte.

–No entiendo nada... ¿Qué está haciendo aquí todo el mundo?

–Tenías tanto interés en ese acuerdo... Creí que si traía a todos aquí... –se detuvo y miró a un punto por encima de su cabeza–. Quería darte la mejor oportunidad. Mi gente ha visto más negocio en Clifton... pero bueno, eso ya lo sabes.

–¿Tino? –su voz sonó pequeña y herida.

–Sería mejor que fueras a cambiarte.

Tino sonó tan frío, tan de negocios, tan racional... tan distante...

–Pediré café y así les distraeré –dijo como pensando en voz alta–. Para cuando vuelvas habrán olvidado lo que han visto y pensarán solo en los negocios, en el dinero que van a ganar.

No había nada en sus ojos para ella, nada. Tuvo la sensación de haberse imaginado lo que había pasado la noche anterior. Era la vuelta a los negocios.

–Estás seguro de eso, ¿verdad, Tino? –dijo con frialdad–. ¿Estás seguro de que habrán olvidado que me he vuelto loca? –añadió con un gesto duro en el rostro. Jack Bond volvía a tener razón, no había sala de las emociones en los negocios–. Estaré ahí en exactamente un cuarto de hora –y como Tino no decía ni una palabra, siguió–. Quiero empezar la reunión pronto para ver si el café les ha aclarado la cabeza.

Lisa pasó el resto de aquel día con la cabeza llena de cifras, balances y predicciones.

Tino tenía razón en una cosa: había habido un poco de tensión cuando había entrado en la sala. Pero una vez que se hubo puesto la armadura, había recuperado la confianza. Todo el mundo pudo ver que las cosas habían vuelto a la normalidad. Solo estaba hecho pedazos su corazón, pero eso no se veía.

La reunión había terminado. Lisa añadió algunas reflexiones finales y se dispuso a escuchar la última palabra de Tino...

–Me gustaría que todos ustedes fueran mis invitados esta noche a cenar. ¿Digamos a las nueve, caballeros... y Lisa?

No la miró directamente. Añadió su gruñido al murmullo general de aceptación y después, recogiendo sus cosas, empezó a llenar el maletín.

–Lisa.

Lisa se sobresaltó a pesar de que era su asistente, Mike, quien la llamaba. Era un manojo de nervios. Eso era lo que pasaba cuando se bajaba la guardia. Se dio la vuelta sonriendo, con la máscara en su lugar, al menos eso pensaba ella. Mike la llevó rápidamente a donde no pudieran oírles.

–¡Mierda, Lis! ¿Qué ha pasado?

Lisa lo miró asombrada. Mike... guapo, con sus astutos ojos azules, las cuidadas cejas, su hermoso y cuidado rostro, nunca juraba, nunca la llamaba por un diminutivo, a pesar de que se conocían desde hacía años. ¿Qué era aquello tan evidente?

–¿Es tan evidente, Mike? –preguntó en un crispado susurro mirando alrededor.

Puso la cabeza muy cerca de la de ella y le pasó un protector alrededor del brazo.

–¿Estás bien, Lisa? ¿Puedo hacer algo por ti?

«¿Qué me está pasando?», se preguntó Lisa reprimiendo las lágrimas. Sintió un pañuelo en su mano y se lo aplicó a los ojos maquillados con mucho cuidado.

–No, está bien... Quédatelo –dijo Mike cuando le tendió el arruinado pañuelo de seda.

Ella se hizo la anotación mental de comprarle una docena en cuanto volvieran.

–¡Lisa! –casi gritó Mike por la comisura de los labios–. ¿Puedo hacer algo por ti, cualquier cosa? ¿Quieres que te saque de aquí?

–Sí, por favor, eso sería fantástico.

Poniendo un brazo a modo de escudo delante de su rostro, Mike la sacó fuera de la sala como pudo, con elegancia, con la barbilla levantada, como si estuviera protegiendo a la reina de Inglaterra.

–Ha sido una gran salida –admitió Lisa ya en el exterior.

Había una fila de taxis esperando para llevar a los hombres de Zagorakis a la casa de invitados.

–Te tiembla aún la voz –observó Mike–. Y todavía tienes mala cara.

–Gracias por tu sinceridad.

–Alguien tiene que ser sincero contigo, Lisa.

Lisa se volvió a mirarlo.

–Tienes razón, valoro tu opinión... Ya lo sabes, ¿verdad?

–Gracias –dijo él–. Siempre es agradable escucharlo de ti.

–En el futuro voy a ser muy distinta.

–No demasiado distinta, espero –Mike frunció el ceño–. Hay un cierto prestigio en ser el consejero de confianza de una de las más difíciles mujeres de negocios de la actualidad.

–¿Es eso lo que se dice de mí?

–Exacto.

–Hmm –Lisa sacudió la cabeza pensativa–. Realmente sí que hay algo más que podrías hacer por mí.

–Dímelo –dijo con franqueza.

–Siéntate a mi lado esta noche. Ya he tenido suficientes atenciones de Zagorakis para manipularme.

–Será un placer.

Lisa eligió el vestido más glamuroso que pudo encontrar entre toda la ropa nueva. Uno que dejaba ver un hombro y tenía una ajustada minifalda con un coqueto faldón que colgaba a uno de los lados. Se cepilló el pelo hasta que pareció seda y se maquilló con un cuidado exquisito, demasiado...

Demasiado, decidió Lisa mirándose al espejo. Podía oír la voz de su padre diciendo: «Tu madre siempre se maquillaba de más cuando estaba alterada».

–¿Me pregunto por qué sería, papá? –murmuró Lisa echándose crema limpiadora en la cara.

Dejó caer el vestido al suelo y se puso sus propios pantalones y sus cómodos zapatos. La única debilidad fue una blusa de seda color marfil de la colección de ropa nueva de su armario.

Se recogió el pelo en una cola de caballo. Nada demasiado frívolo, nada que pudiera constituir un intento de llamar la atención de alguien. Tónico facial, una pizca de maquillaje y un toque de brillo de labios. Justo en ese momento, Mike llamó a la puerta.

Tenía un aspecto fantástico, Lisa se sintió desaliñada en comparación y, por la expresión de Mike, debía de parecerlo.

–Oh, no, no, no... –exclamó él sacudiendo la cabeza–. En cuanto volvamos a casa te voy a tomar en mis manos.

–¿Estoy tan mal?

–Pareces un hermoso leopardo disfrazado de ratón.

–¿Tan bien?

–¿Vamos? –dijo Mike ofreciéndole el brazo.

Tino la miró y después desvió la mirada mientras entraba al patio del brazo de Mike. El resto de los hombres ya estaban bebiendo y ni siquiera se enteraron de que llegaba. Todo el mundo llevaba esmoquin, incluso Tino.

—¿Sabes qué? –le susurró Mike en el oído.

—¿Qué?

—Pareces tan fuera de lugar como la primera vez que entraste en la sala de reuniones esta mañana. ¿Por qué no volvemos y te arreglo?

—¿Lo dices en serio? –evidentemente lo decía en serio, decidió Lisa cuando se la llevó.

Cuando Lisa abrió la puerta del primer armario, Mike levantó las manos en el paroxismo del placer.

—¡El paraíso del diseño! –recorrió con destreza las perchas–. Usaremos esto, y esto... Oh, y esto –dijo sosteniendo con gesto teatral un precioso chal de fina gasa y lentejuelas contra su chaqueta Ozwald Boateg.

Lisa cerró los ojos y sacudió la cabeza. No iba a poder salir de la habitación hasta que Mike terminara.

—Mike, eres mi hada madrina –exclamó Lisa algo después transfigurada ante su imagen en el espejo.

—Hada hermana, por favor... Bueno, ¡qué te parece!

—Qué te parece a ti es más acertado –dijo Lisa volviéndose a sonreírle.

—Bueno, ese griego bruto no va a ignorarte ahora, seguro –dijo con satisfacción ofreciéndole el brazo.

Mike la obligó a detenerse, justo antes de salir, en un lugar que había más luz que en el patio. No hubo una expresión audible, pero perfectamente podía haberla habido. Todos los hombres se volvieron a mirar.

Mike la había peinado con el pelo hacia arriba de modo que parecía más alta y había dejado escapar algunos rizos alrededor del rostro perfectamente maquillado. Mike había elegido el maquillaje también para completar su «look» como él lo llamaba. Los ojos ahumado, las pestañas negro... los labios rojo brillante y solo una pizca de rouge para definir las mejillas. El resultado final era que parecía una de las modelos de *Vogue* o *Tatler*. Cualquier cosa menos ella, decidió Lisa. Era la primera vez en su vida que se arreglaba así entera. Por supuesto, Mike nunca hacía nada a medias. Las sandalias tenían unos tacones estratosféricos, y el vestido que había elegido tenía un corte que se daba un aire al estilo de la Antigua Grecia. Era extremadamente elegante además de sexy, con una abertura a uno de los lados hasta un punto que Lisa consideraba excesivo, sobre todo porque Mike había descartado expresamente el uso de ropa interior.

Al ver cómo tragaba Tino, se regocijó.

–Trágate esta, Zagorakis –murmuró Mike.

–Mike, por favor –susurró Lisa con una sonrisa–. Caballeros –dijo informalmente inclinando ligeramente la cabeza.

Hubo una estampida para ser el primero en ofrecerle una copa, un canapé, un asiento si lo quería; solo Tino se mantuvo apartado, su cara era una máscara indescifrable.

La noche era muy agradable, la comida deliciosa, o esa sería la nota de prensa, pensó Lisa cínicamente mientras miraba a Tino. Había elegido un sitio lo más alejado posible de él, quien se encontraba enfrascado en una conversación con su director financiero.

–Me voy a enfadar.

Lisa se volvió cuando le habló Mike.

–He hecho todo este esfuerzo para que tú te dediques a mirarlo como una ñoña enamorada. Sinceramente, Lisa, si no fuera tan guapo, estaría bastante molesto.

–Lo siento, Mike –le tocó en el brazo–. ¿Es tan evidente?

–Bueno, por suerte para ti, él ni se entera. Está demasiado ocupado hablando de negocios.

–Momento de dar otra vuelta –sugirió ella.

La cena había terminado, quedaban las últimas tazas de café y las copas de brandy.

–Mike, ¿puedo volver contigo a la casa de invitados?

–Por supuesto... pero ¿por qué?

–Bueno, me he estado quedando en la villa.

–Lo sé.

–Y ahora...

Mike alzó la mano para decirle que se callara.

–No tienes que decir nada más. ¿Estás segura?

Lisa siguió los ojos de Mike hasta donde se encontraba Tino tan encantador como siempre.

–Estoy absolutamente segura.

–Bien, entonces, tenemos que traspasar la línea de recepción o cualquier otra oposición que encontremos –informó Mike con energía–. Vamos, querida, todo el mundo está empezando a marcharse. Quédate conmigo y te sacaré de aquí sana y salva.

Había algunas cosas que ni siquiera Mike podía resolver.

–¿Adónde vas? –preguntó Tino.

–A la casa de invitados con Mike.

En lugar de discutir con ella, Tino agarró a Mike del codo y lo apartó a un lado hasta donde Lisa no pudiera escucharles. Y cuando Mike estaba medio de espaldas a ella, Tino le puso la mano en el brazo y lo llevó un poco más lejos para decirle algo más. Para asombro de Lisa, Mike, su mano derecha, su asistente personal, su amigo, se marchó sin decir una palabra y cuando trató de ir tras él, Tino la agarró del brazo y se lo impidió.

–¿Qué diablos estás haciendo? –exigió saber ella mirando a la mano que tenía en el brazo.

–Podría hacerte la misma pregunta –replicó.

–Es evidente que no me quieres aquí, así que me voy a donde me quieren.

–Hablas como una mocosa, Lisa.

–¿Tenías que hacer semejante exhibición de ti mismo? ¿Tienes que sujetarme del brazo tan fuerte?

La soltó inmediatamente.

—Sería mejor que vinieras a mi estudio y hablásemos allí.

—No tenemos nada de qué hablar.

—¿Así me lo agradeces?

—¿Agradecerte? ¿Qué tengo que agradecerte? —exigió saber Lisa incrédula—. ¿Que me estés volviendo loca? —trató de sobrepasarlo y salir a buscar a Mike, pero le bloqueó el paso.

—Todo esto es para ti, Lisa.

—¿Y no pensabas decirme que habías llamado a mi gente?

—Quería sorprenderte.

—Bueno, pues realmente lo has conseguido.

—Traté de encontrarte... Traté de avisarte de que estaban aquí, pero nadie sabía dónde estabas.

Lisa sonrió con amargura.

—Puede ser que porque estaba haciendo algo para ti.

—¿Qué?

—Ya no importa —intentó rodearle para irse—. Déjame salir de aquí, Tino.

—¿O qué?

—Llamaré a la policía y diré que me retienes en contra de mi voluntad.

—En Stellamaris, yo soy la policía —dijo sosteniéndole la mirada.

—Bueno, me alegro por ti. Ahora, ¿podrías llamar a un taxi para que me llevara a la casa de invitados o tengo que hacer yo la llamada?

La agarró del brazo y la llevó hasta el estudio. Cuando estaban dentro cerró de un portazo y se quedó apoyado en la puerta.

—¿Te importaría decirme qué es todo esto? —su gesto de ira llegó a cada centímetro de Lisa—. ¿Tenías que hacer esa demostración de ti misma delante de todos esos hombres?

—¿Estás celoso, Tino?

–¿Celoso? ¿De una fulana?

La bofetada le golpeó en mitad del rostro. Se la quedó mirando totalmente incrédulo acariciándose la barbilla.

Lisa casi no podía creer lo que había hecho. Le repugnaba la violencia de cualquier clase. Había caído hasta lo más bajo, no importaba que Tino se lo mereciera, nada excusaba semejante pérdida de control.

–No he debido hacerlo.

–Pegas como un boxeador –siguió acariciándose el mentón.

–Ha sido imperdonable –nunca había perdido el control, menos hasta el punto de pegar a alguien.

–Yo también lo siento.

Lo miró.

–No debería haberte llamado eso.

¿Se estaban disculpando? ¿Qué estaba pasando? ¿Habían llegado juntos a los límites de lo emocional y después el controlado Tino Zagorakis se estaba inclinando ante la igualmente irreductible Lisa Bond?

–Quédate.

–¿Qué? –estaba atónita.

–Quédate en Villa Aphodite hasta el viernes como acordamos. No hemos terminado nuestra negociación todavía... Y este es un gran lugar, Lisa. Me mantendré lejos de ti y tú lejos de mí.

Si solo hubiera habido negocios entre ellos, aquello habría tenido sentido... Y solo había negocios entre ellos, se recordó Lisa, Tino lo había dejado claro. Así que ¿por qué no quedarse?

¿Dónde se había ido toda la pasión y la ternura? Si aquella era la expectativa vital en los asuntos amorosos, podía pasarse sin ellos. La cercanía entre ellos había sido solo un espejismo. Como Jack Bond había dicho al echar la tierra al ataúd de su madre: «Cualquier mujer que espere demasiado de la vida está destinada a verse defraudada».

Capítulo 9

CUANDO se despertó a la mañana siguiente, Lisa se quedó tumbada sobre las almohadas mirando al mar, sabiendo que nunca más podría mirarlo sin recordar el día que había pasado en el barco con Tino. Durante aquel corto día habían estado tan unidos... Había sido un espejismo. Había sufrido la misma enajenación mental que afectaba a tantas mujeres de climas fríos, había visto otra forma de vida, otra clase de hombre, y había pensado que podía encajar fácilmente en ese mundo.

Oyó una llamada a la puerta y saltó de la cama. Se puso una bata y abrió para encontrarse a la misma amable doncella.

—¿Quiere volver a tomar su desayuno en el balcón, *thespinis* Bond?

Lisa dudó. ¿Por qué se iba a quedar confinada? Había llegado a un acuerdo con Tino, no había ninguna razón por la que no pudiera bajar a desayunar. Todavía había algunos puntos que quería discutir con él.

—¿Supone alguna molestia que desayune abajo, Maria?

—Ningún problema, *thespinis* Bond. Prepararé un lugar para usted en el patio.

Otro nuevo modelo. Tendría que pagarle a Tino por todo lo que se había puesto y después negociar directamente con las tiendas para llevarse las demás ropas y accesorios.

El corazón le latía desbocado mientras entraba al patio. Daba lo mismo el acuerdo al que hubieran llegado, después de lo que había pasado entre ellos tenían muchos reajustes que hacer.

–*Kalimera*, Lisa.

No había señal de Tino por ninguna parte, pero se alegró de ver a Stella.

–No esperaba verte hoy, Stella. ¡Qué sorpresa tan agradable!

–Para mí también –aseguró Stella–. ¿Desayunas conmigo?

Le señaló un lugar a su lado, el único sitio preparado en la mesa.

–Tino no desayunará con nosotras esta mañana –explicó Stella al ver su mirada–. Le han llamado y se ha tenido que ir.

–Entiendo –¿llamado? Que estaba evitándola parecía más aceptable.

–¿No te lo ha dicho?

–No, y se suponía que íbamos a reunirnos –no podía ocultar los nervios en su voz.

–Estoy segura de que Constantino no hubiera dejado la isla si no fuera importante, Lisa.

–Seguro que tienes razón, Stella. Pero no entiendo por qué no me ha avisado. Lo siento, Stella, sé que no es culpa tuya, pero los asuntos que me han traído aquí son realmente importantes. Y Tino es tan... impredecible. Nada sucede sin su aprobación.

–Por favor, no te preocupes, no necesitas disculparte. Puedo ver cuánto significa esto para ti –dijo recostándose en la silla y mirando a Lisa en silencio–. La gente de tu empresa tiene mucha suerte de tenerte de jefa, Lisa.

–¿Sabes cómo podría entrar en contacto con él? ¿Sabes dónde está?

–Lo siento, pero no puedo ayudarte, Lisa.

¿No podía o no quería? Se preguntó Lisa.

—¿A qué hora era vuestra reunión?

La pregunta hizo que Lisa volviera a prestar atención a la cara de la anciana.

—A las diez.

—Pero si son solo las ocho. ¿Por qué no te bajas a la playa conmigo a dar un paseo antes de empezar a trabajar? Nunca se sabe, puede que Constantino contacte con la casa cuando vuelvas a la villa.

—Me encantaría ir contigo.

—Entonces, ¿por qué no te das una satisfacción por una vez?

—De acuerdo —sonrió. Era difícil decir que no a Stella.

—¿Te cambias antes? —sugirió Stella mirando la elegante ropa de Lisa.

—¿Me das cinco minutos?

—Por supuesto.

Bajaron en funicular a la playa.

—Es precioso poder admirar la vista sin tener que bajar por el acantilado.

—Nunca debes hacer eso, Lisa —le advirtió Stella—. Ese acantilado es para cabras montesas y locos como Tino.

—¿Conoces a Tino desde hace mucho? —aprovechó que parecía abierto el camino.

—Tengo la sensación de que desde siempre —Stella volvió a estar en guardia—. Mira —dijo señalando al mar—. ¿Puedes ver los delfines, Lisa?

El cambio de tema dejaba claro que Stella no le iba a revelar nada sobre Tino.

Cuando llegaron a la playa lo primero que vio Lisa fue a una pareja. Estaban a la orilla del agua tomados de la mano. Un ataque de celos hizo dudar a Lisa y desear volver. ¿Le había estado mintiendo Tino todo ese tiempo? ¿Y Stella también? No, Stella no... Stella no le mentiría nunca, pero no quería mirar.

–Lo siento, Stella, no debería haber bajado a la playa. Subiré a preparar la reunión.

–Trabajas demasiado, Lisa. Deberías cuidarte un poco más.

Lisa desvió la mirada hacia la pareja. Stella la miró, la agarró del brazo y empezó a llevarla hacia la orilla.

–Tienes que conocer a mi hija.

–Arianna y yo ya nos hemos conocido en la villa cuando llegué.

–Deja que te la presente de forma adecuada –insistió Stella tirándola del brazo.

¡No era Tino! ¡No era Tino!... Al acercarse reconoció el error y cuando se le presentó Arianna, descubrió que Giorgio también era cantante de ópera. Un tenor italiano de algún renombre.

–Tengo algo que preguntarte, Stella.

Lisa miró al guapo compañero de Arianna y después a Stella.

–Todavía no, Giorgio –le advirtió Stella con ojos brillantes.

–No –estuvo de acuerdo Arianna–. Tenemos que esperar a Tino.

¿Esperar a Tino? ¿Por qué tenía que ser él parte de eso? ¿Dependía la felicidad de Arianna de él? No podía entenderlo.

–Arianna tiene razón, Giorgio –dijo Stella–. Tienes que tener paciencia.

Giorgio miró a Arianna en busca de apoyo, pero esta simplemente le dio un impulsivo beso en la mejilla.

–Esperarle hará todo mucho mejor –insistió.

–¿Cuánto tiempo creéis que estará Tino fuera? –preguntó Lisa.

–Volverá cuando acabe sus otros negocios.

–Ah, así que Tino se ha ido a...

–¡Arianna! –Stella silenció a su hija con una mirada–. Hablaremos de eso más tarde.

¿Por qué se habían vuelto todos a mirarla?, se preguntó Lisa. ¿Por qué la dejaban fuera? ¿Por qué nadie confiaba en ella? Parecía un buen momento para marcharse.

–Ha sido un placer conocerte, Giorgio, y veros de nuevo, Stella, Arianna... –se miró los pies descalzos–, pero tengo que irme.

–Espero que ese no sea tu uniforme de trabajo –dijo Giorgio.

–La próxima vez podemos desayunar juntos –ofreció Arianna.

–Me encantaría –pero no habría otra vez, pensó Lisa. Mientras el funicular subía por el acantilado, Lisa vio que los tres seguían de pie en el mismo sitio diciéndole adiós con la mano, después la visión se hizo borrosa y ya no pudo ver nada más.

Como Lisa había sospechado, la reunión pronto llegó a un punto en el que la presencia de Tino era esencial. Nadie respiraba en Zagorakis Inc sin que él lo autorizara.

–Tendremos que pasar otro día aquí, caballeros.

–Mis disculpas, espero que la reunión haya ido bien sin mí.

Tino acababa de entrar en la sala como si nunca se hubiera marchado.

–Sí, es una pena que te la hayas perdido –dijo Lisa cerrando su maletín.

–Eso es todo. Seguiremos mañana.

–Sí, gracias a todos –dijo Lisa tensa al ver que él tomaba el control.

Después de que salieran todos, Tino le señaló la silla de la que acababa de levantarse.

–La reunión ha terminado, Tino.

–Y quiero saber cómo ha ido.

–Estoy segura de que alguien de tu equipo te la contará –dijo empezando a salir.

–Es que quiero que me la cuentes tú.

–De acuerdo, entonces cierra la puerta –se sentó mientras él iba a cerrar–. ¿Por qué tienes tanto interés en saber cómo ha ido la reunión?

–Nunca he perdido interés en la negociación.

–A diferencia de lo que ha pasado con nuestro acuerdo.

–Ya está bien, Lisa. Convoqué la reunión, ¿no?

–Tenías que haber estado aquí cuando empezó, pero claro, no podías porque tuviste que irte a otro sitio a hacer algo más importante.

–Creía que habíamos acordado no estar pendientes el uno del otro.

–¿No estar pendientes? ¿Así que la noche que pasamos en la cama para ti fue solo diversión? ¿No pensaste que podía haber consecuencias?

–¿Consecuencias? ¿Por qué tendría que haber consecuencias? Tomé precauciones.

Tino era siempre el primero de la clase en lo que se refería a asuntos prácticos. Había querido unas pocas horas de diversión, de relajación, nada más. ¿Pero era ella mejor? Había perdido el control y le tocaba pagar el precio, pero no por mucho más tiempo.

–Tendrás que buscarte a otro que te cuente la reunión, Tino.

Se apartó a un lado para dejarle pasar, pero justo cuando pasaba a su lado, la detuvo.

–¿Vas a venir a la cena esta noche?

–No, voy a empezar a hacer mi equipaje –miró con frialdad la mano en su brazo.

–Claro, tienes muchas cosas que recoger. ¿Quieres que te lleven alguna maleta más a tu habitación?

–Te lo voy a pagar todo. Es todo... –se detuvo al sentirse torpe.

–Elegido con cuidado –murmuró sardónico.

Ella sabía que no era verdad. Le sostuvo la mirada y sonrió.

–Me lo imagino.

–Entonces nos vemos mañana por la mañana.

Esa vez Tino no solo se apartó, sino que abrió la puerta para que pudiera pasar y Lisa pensó que se merecía algo de información.

–Puede que seamos capaces de firmar el viernes, las cosas han ido realmente bien esta mañana.

–Lo confirmaré con mi equipo.

¿Su palabra no era suficientemente buena? Puso voz firme.

–Me iré en cuanto firmemos.

–Tenemos un acuerdo.

–Un acuerdo que tú has roto.

–Estoy aquí.

–No se trata de eso.

–Tenía que estar en otro sitio...

Secretos, siempre secretos.

–No puedes adaptar nuestro acuerdo a tu medida.

–He dicho que tenemos un acuerdo. ¿No decías que estamos a punto de cerrar un trato en un tiempo récord?

–Te veré mañana, Tino.

Se interpuso en su camino. Ella esperó, pero esa vez no se apartó. Tino cerró la puerta.

–¿Qué demonios estás haciendo?

–Tengo otra propuesta que hacerte.

–Ya es demasiado tarde para eso, Tino. Tengo todo lo que podía querer de ti.

–No lo creo –arguyó él.

–Debo de haberme perdido algo.

–¿Qué te has perdido, Lisa? ¿Esto? –antes de que pudiera responder la atrajo hacia él. Ella apartó la cara

cuando intentó besarla–. Librémonos de esto primero –
dijo quitándole el maletín y dejándolo en una silla.

–¿Qué te crees que estás haciendo? No juegues conmigo, Tino. Déjame salir de aquí ahora mismo.

–Si creyera que de verdad quieres irte, te dejaría
ahora mismo.

–Tú no sabes lo que quiero –se resistió–. No me creo
esto.

–¿Te crees esto?

La sujetó con una mano mientras con la otra le
acercaba la cara y acercaba la boca a sus labios hasta
que consiguió arrancarle un gemido desde lo más profundo.

–No creo que quieras irte, Lisa.

Estaba temblando mientras él le acariciaba la comisura de los labios con la lengua. Entonces, porque quería, porque no podía pararse, se apretó contra él y ya
solo tuvo en la cabeza que lo que quería era sexo.

Tino le quitó los pantalones y las bragas de fina red
que llevaba debajo con un hábil movimiento. Suspiró
de alivio al oír caerse el paquete de folios.

–Sí, por favor –dijo, y hundió el rostro en el pecho
de él mientras la levantaba...

Era la cosa más imprudente que había hecho en su
vida. Las ventanas no estaban cerradas, las cortinas
abiertas. Cualquiera que pasara podía adivinar lo que
estaba ocurriendo allí. Pero aquello solo incrementaba
su excitación. Tino la recostó encima de la mesa de reuniones.

–Esto es de locos.

–Sí –asintió él.

Era tan evidente que él le volvía loca. Cuando su cálido aliento le rozó la oreja, empezó a temblar descon-
trolada.

–Era esto lo que querías, ¿verdad, Lisa? Era lo que
queríamos los dos.

–Es lo que los dos necesitamos –asintió ella.

–Oh, lo necesitamos –murmuró Tino mientras deslizaba la punta de su erección entre sus piernas–. Estás tan húmeda.

Se inclinó para que él tuviera un ángulo mejor.

–Eres tan guapa, que puede que solo me dedique a mirarte.

–No, Tino –advirtió Lisa–. No puedo esperar más.

–En ese caso...

Un grave gemido de placer se escapó de sus labios mientras él se deslizaba dentro.

–¿Mejor?

–Mucho, mucho mejor –dijo Lisa cerrando sus músculos alrededor de él.

–No hay prisa... relájate y disfruta.

Se comportaba como si tuvieran todo el día, como si estuvieran solos en la isla.

–Pero si puede llegar cualquiera...

–La única persona que va a llegar eres tú y después yo.

Su tono era divertido, aunque Lisa detectaba una pizca de tensión. La posibilidad de ser descubiertos le excitaba, se dio cuenta.

–Tú tienes menos que perder que yo si nos descubren.

–¿De verdad? –dijo entrando más profundo obligándola a gemir de placer.

–Sí –dijo casi sin respiración–. A ti te considerarán un semental, mientras que yo...

–Hablas demasiado.

Si Tino no la hubiera estado sujetando, se habría caído al suelo, pensó Lisa mientras ambos se recobraban de lo que había sido un clímax devastador.

–¿Te sientes un poco mejor ahora? –dijo acariciándole con suavidad el cuello con el mentón.

–Un poco mejor.

–¿No completamente satisfecha?

–¿Y tú?

Tino sonrió mientras se deslizaba fuera de ella y miraba por encima de ella hacia la ventana.

–Vaya equipo perfecto –dijo viendo al grupo de hombres dirigirse a la playa.

–Lo sabías –dijo incrédula–. Sabías que podían pasar por aquí en cualquier momento.

–No me digas que no te excitaba a ti también la posibilidad de ser descubiertos –ella no dijo nada–. ¿Crees que he conseguido todo esto siendo cauto? –dijo señalando con un gesto todo lo que había a su alrededor.

–No, supongo que no –pero ella no quería formar parte de esa cultura del riesgo.

–Lisa, ¿todavía quieres volver al Reino Unido cuando firmemos el contrato?

Realmente, no. A pesar de todo, seguía queriendo estar con él. Sabía que era peligroso... que perdía el control.

–Tengo que tranquilizar a los empleados de Bond Steel en cuanto pueda –era la excusa perfecta.

–Puedes dejar que piensen en muchas posibilidades –señaló Tino–. O puedes mandar a Mike a casa con las buenas noticias. Estoy seguro de que a él le gustaría.

–Yo también. ¿Pero por qué habría de quedarme aquí contigo?

–Porque quieres.

Lo miró mientras se preguntaba si sería bueno que el corazón le latiera tan deprisa.

–Estás muy seguro de ti mismo.

–¿Cuarenta y ocho horas de excesos sexuales? Suena tentador.

Cuando la mirada de Lisa se detuvo en la boca de Tino, supo que tenía razón.

–Es ideal, Lisa, sin ataduras, sin consecuencias... No

puedo ofrecerte el largo plazo y sé que es lo último que buscas.

En ese momento algo murió en su interior, pero algo mucho más primario ocupó su lugar.

—No sé si podré quedarme.

—Sí, sí podrás —dijo en tono confidencial—. Solo piensa en ello: solos en la isla.

—Menos tu personal.

—Que son la discreción personificada. Podremos ampliar nuestro campo de estudio a todos los extremos de la aventura erótica —sonrió—. Somos iguales, Lisa, no te resistas. Mirarte es como mirarse al espejo. No siempre me gusta lo que veo, pero al menos, siempre sé lo que piensas.

Deseaba el sexo con él tan desesperadamente que parecía alguna clase de locura, pero incluso más que eso, deseaba estar cerca de él...

—¿Entonces? Respóndeme, Lisa. ¿Aceptas mi proposición?

—Acepto —dijo mirando sus ojos negros de deseo.

Capítulo 10

CON EL rostro entre las manos, Tino lanzó una especie de rugido, un sonido animal, al entrar en su habitación. ¿Qué le estaba pasando por dentro? ¿Qué demonios estaba cambiando Lisa en su interior? Hasta ese momento, no había sido mejor que una bestia en celo olfateando a la hembra madura para el apareamiento. ¿Qué tenía Lisa que en cuanto la veía o pensaba en ella se volvía el hombre más primario y solo pensaba en poseerla? No podía pensar en los negocios, ni en Stellamaris, ni en ninguna de sus otras responsabilidades. No deseaba otra cosa que tenerla a su lado cada segundo que pudiera antes de que los dos volvieran a sus vidas frías y sin sentimientos. No podía dejarla ir, todavía no.

Habían compartido un sexo explosivo, pero también había habido momentos de ternura. Tenía que haberle propuesto una excursión por la isla mejor que cuarenta y ocho horas de aventura erótica. Sabía, como todo el mundo, lo peligroso que era jugar con los sentimientos de la gente, no tenía excusa; sabía que ella estaba tan llena de cicatrices como él. Y ¿qué quería? ¿Hacerle más daño? Lo mejor que podría haber hecho por Lisa hubiera sido mantenerse apartado de ella.

En solo un día más sus negocios estarían concluidos. Por supuesto, el trato estaba hecho. Por primera vez en su carrera no había escuchado a sus consejeros, a su propia intuición. Solo había podido ver que la empresa de Lisa necesitaba desesperadamente ese dinero para salir a flote.

Ella podía haberle pedido cualquier cosa, pero sabía

que solo aceptaría aquello que necesitaba para asegurar el futuro de su gente.

Sonrió al recordar toda la ropa que había encargado para ella. No habría sido difícil elegirla él mismo. Por supuesto no lo había hecho, ¿cuándo había tenido tiempo para algo así, incluso para sí mismo? Delegar trivialidades, como las compras, siempre le había funcionado bien. Pero ya no le valía, quería elegir algo especial para Lisa y quería hacerlo sin interferencia de nadie. Quería que ella tuviera algo precioso, único, algo que hiciera que le recordara.

—Adelante, Maria —reconoció Lisa la forma de llamar a su puerta—. ¡Vaya!, Maria, estás preciosa.

—Las celebraciones de la fiesta de mayo ya han empezado en el pueblo —explicó Maria pasando las manos por los complicados bordados de la blusa—. Llevamos todos el traje nacional.

—Es absolutamente impresionante. ¡Qué herencia tan bonita!

—Usted también está muy bien, *thespinis* Bond —dijo Maria.

—Gracias. Espero que *Kirie* Zagorakis piense lo mismo. Él compró el vestido —Lisa se ruborizó al darse cuenta de que había contado más de lo que quería.

Aquel vestido, a pesar de ser menos lujoso que otros que había en el armario, era posiblemente el más bonito que había tenido en su vida. Y esa noche quería que la mirara con algo más que lujuria en los ojos.

—¿Qué es eso, Maria? —dijo con aprensión al ver la caja de terciopelo en las manos de Maria.

—*Kirie* Zagorakis me pidió que le trajera esto. Me dijo que le pidiera que se lo pusiera para él esta noche.

Lisa frunció el ceño mientras miraba la cajita que sostenía Maria.

—Déjala ahí encima —dijo señalando a la mesa del vestidor. No podía abrir la caja delante de nadie.

Cuando Maria dejó la caja fue hacia ella impulsivamente y la tomó de las manos.

–Has sido muy amable conmigo, Maria.

–¿Amable? –Maria la miró sorprendida–. ¿Nadie más ha sido amable con usted, *thespinis* Bond?

–Claro que sí, Maria –Lisa levantó la vista–. Pero tú me has hecho sentir muy bien recibida aquí.

Antes de volver hacia la puerta, Maria le sonrió.

–Espero que tenga una gran noche, *thespinis* Bond.

Lisa rodeó la caja como si fuese una víbora. «Solo es una cajita de terciopelo azul», se dijo a sí misma... De una de las joyerías más exclusivas de Atenas. ¿Cómo era posible? ¿La habían llevado en avión, en helicóptero? ¿O Tino guardaba una cierta cantidad de objetos de esa clase e incrementaba el valor del regalo en función de los servicios que recibía? Se quedó pálida al recordar el placer que habían compartido, ¿sería aquello el pago?

Volvió a mirar la caja. Quería pensar que era un regalo espontáneo, sin compromisos añadidos; algo que pudiera devolver sin ofenderlo. Había visto a Tino hacía cinco horas, tiempo de sobra para que un millonario con avión fuera de compras. Pero Tino no era así. Él lo encargaba todo. Suspirando, tomó la caja y miró su pálida imagen en el espejo una vez más.

Devolver el regalo, lo mismo que la confrontación que esperaba iba a producirse entre los dos, no era posible que sucediera, se dio cuenta Lisa en cuanto entró en el patio. Era claramente una noche de celebración para Arianna y Giorgio. No hacía falta preguntar si Tino había dado su autorización para que se casaran.

–Lisa –dijo Arianna con felicidad–. Giorgio y yo vamos a casarnos.

–Me alegro tanto por ti –dijo Lisa sinceramente y la abrazó. Sabía que Tino estaba solo unos metros más allá–. Giorgio –dijo soltando a Arianna–. Eres un hombre muy afortunado.

–Lo sé, Lisa –dijo mientras deslizaba un protector brazo por la cintura de Arianna.

Lisa se dirigió a donde se encontraba Stella y estrechó las manos de las otras dos ancianas que se encontraban con ella.

–Debe de ser un día muy feliz para ti.

–El más feliz de mi vida –admitió Stella dando un gran abrazo a Lisa–. Solo me queda una tarea para culminar el trabajo de Cupido.

–¿Cuál?

La voz de Tino hizo que Lisa se tensara entre los brazos de Stella.

–¡Vaya! –dijo Stella volviéndose de Lisa a Tino–. Habría pensado que era obvio, Constantino, todavía tengo que encontrar a alguien que se case contigo.

–Ésa es una tarea más que imposible.

El gesto evasivo de Stella provocó la risa de los presentes.

–¿Nos sentamos? –dijo Stella señalando una silla, ya que suponía que Lisa se sentaría junto a Tino.

Discretamente, Lisa puso la cajita de terciopelo en la mesa entre ambos.

–¿Quieres que te los ponga yo? –peguntó él.

–No, no quiero que me los pongas –dijo Lisa casi sin aire–, sea lo que sea «los».

–¿Quieres decir que no la has abierto? –la voz subió de volumen–. ¿No has abierto mi regalo?

Todo el mundo les estaba mirando.

–Perdonadme, Stella Panayotakis, Arianna, Giorgio –dijo con suavidad–. No quería interrumpir vuestra charla.

–¿Eso es un regalo para Lisa? –preguntó Stella alegremente–. Deberías dárselo tú mismo, Tino.

–No, no, yo... –empezó a protestar Lisa mientras empujaba la silla hacia atrás, pero entonces sintió la mano de Tino que la sujetaba y se quedó helada. No podía hacerle algo así a Arianna–. Perdonadme todos –buscó una broma–. Nunca he sido muy buena aceptando regalos.

–A lo mejor porque no has recibido suficientes –señaló Stella mientras se echaba un poco de aceite en el pan.

–¿Qué le has comprado a Lisa, Tino? –intervino Arianna para reducir la tensión–. Me encantan los regalos y, Giorgio, soy muy buena aceptándolos.

Todo el mundo se rio y Arianna dijo:

–Bueno, ¿no nos vas a enseñar lo que le has comprado a Lisa?

Tino tragó y abrió la caja de joyería. Hubo un gran silencio de admiración. Las perfectas esmeraldas de los pendientes estaban rodeadas de brillantes diamantes tallados.

–¡Vaya!, son magníficos –dijo Giorgio con franqueza–. Nunca había visto unas piedras tan espléndidas.

–Recordé cómo te gustaban las amatistas –murmuró echándole el pelo hacia atrás para ponerle un pendiente en su sitio–. Y pensé que estas serían incluso mejores porque son del color de tus ojos –agarrando la barbilla con una mano le giró la cabeza en su dirección de modo que Lisa solo pudiera verle a él–. Ahí... está bien –murmuró ajustando el segundo–. Perfectos.

Hubo una espontánea salva de aplausos.

Sabía que él podía ver que las lágrimas le inundaban los ojos y se odió por su debilidad. Tuvo que recurrir hasta a la última brizna de fuerza de voluntad y a años de práctica para retenerlas.

–Gracias –su voz sonó como hueca–. Los pendientes son preciosos.

–Y ahora nos vamos al pueblo a bailar para celebrarlo –afirmó Stella con energía.

–¿Me perdonáis? –dijo Lisa levantándose–. Parece que se me ha levantado dolor de cabeza...

–Lisa –Tino empezó a levantarse y después Arianna.

Stella retuvo a su hija.

–Debes de estar agotada, Lisa. Sé lo que las reuniones significan para ti. Los negocios te han exigido todo. Necesitas tranquilidad y descanso, y no encontrarás ninguna de las dos cosas en el pueblo. Tino –siguió Stella mirándole–, cuida de Lisa. Debe irse a la cama y tomar una taza de leche templada.

–Por supuesto, Stella –murmuró educadamente haciendo una pequeña reverencia.

Los dos permanecieron como estatuas hasta que Stella, Arianna y Giorgio se hubieron marchado, entonces Tino se volvió hacia ella.

–No estoy muy seguro en lo que respecta a la taza de leche.

–Tino, no.

–¿Qué significa, no?

Lisa se quitó los pendientes y se los tendió.

–No los necesito.

–Nadie necesita cosas bonitas, pero son una expresión de...

–¿De qué, Tino? –dijo Lisa crispada–. ¿De posesión?

Pudo apreciar lo impactado que estaba. A lo mejor había ido derecha al centro del asunto.

–Por favor, devuélvelos, Tino. No puedo aceptarlos. Si quisiera joyas, me las compraría yo.

–Pero para mí ha sido un enorme placer comprártelos.

Lisa casi sonrió. Tino parecía un crío pequeño que no puede hacer lo que quiere. Los dos habían llegado a un nivel en que podían comprar lo que quisieran. Especulaban siempre con que la siguiente compra llenaría la grieta de su corazón, pero nunca ocurría.

–¿Compraste los pendientes para mí? ¿Los elegiste tú o hiciste una llamada de teléfono?

–Fui en avión.

–Así que los elegiste tú.

–Sí, claro, no hace falta que parezcas tan sorprendida —abriendo los puños, Tino miró las valiosas joyas que había en ellos—. Creí que te gustarían.

—Me gustan, pero... —¿cómo iba a traducir sus pensamientos en palabras? Encajaban perfectamente en el plano sexual, pero algo dentro de ellos, de los dos, estaba roto—. Si querías hacerme un regalo, ¿por qué no me diste unas flores del jardín, Tino? Ya lo habías hecho... hubiera sido maravilloso.

—Pero quería comprarte algo realmente muy especial.

—Las flores hubieran sido especiales... pero pendientes de esmeraldas —Lisa buscaba las palabras adecuadas, palabras para un millonario cuya cuenta bancaria notaría lo mismo unas esmeraldas que un yate nuevo—. Siento como si quisieras comprarme, Tino, como si me estuvieras pagando por mis servicios —dijo con un gesto de frustración.

—¿Tus servicios? —sonrió—. Por favor —volvió a ofrecerle los pendientes—. Acéptalos como pago de la cuenta.

—No es una broma, Tino.

—Estoy de acuerdo —bajó la voz—. Acéptalos, Lisa, te lo ruego.

—¿Ruegas? —sacudió la cabeza—. Guárdalos antes de que se pierdan, Tino. Tienes que devolverlos. Lo siento, pero has volado hasta Atenas para nada.

—¿Para nada? —torció la boca—. ¿Estás segura?

—Tienes que devolver los pendientes a la joyería, Tino. Los dos cometemos errores. Somos los dos unos inútiles cuando se trata de saber qué hacer, manejar situaciones que no son negocios.

—¿Es eso lo que hay entre nosotros? ¿Una situación?

—Hoy es miércoles y me marcho a casa el viernes. No hagamos más esto, por favor, nada de grandes gestos, Tino.

—¿Quieres decir que nada de más viajes a Atenas para comprar joyas?

—Debes de estar agotado después de tu viaje —dijo al ver un punto de humor en su mirada.

—No tanto como para no querer llevarte a mi cama –dijo arrastrándola a sus brazos–. Con o sin esmeraldas, tú y yo tenemos un acuerdo que cumplir.

La llevó escaleras arriba y la dejó encima de su cama. Lisa lo miraba mientras se quitaba la camisa.

—Tino, por favor, esto no está bien.

—¿Por qué perdemos un tiempo precioso? Tenemos que aprovecharlo al máximo, ¿no crees?

—Simplemente no puedo –dijo Lisa intentando provocar su orgullo masculino, pero en lugar de eso, la sorprendió poniéndose de rodillas al lado de la cama.

—Lisa, lo siento... Tienes razón, somos casos sin remedio. ¿Podrás perdonarme? –miró hacia arriba.

—¿Devolverás los pendientes?

—Si realmente no los quieres –buscó su rostro con la mirada–. Haré cualquier cosa por ti.

«Sí, pero solo mientras dure nuestro acuerdo», pensó Lisa con tristeza. Y luego Tino le sonrió, y la curva de sus labios, y la risa de sus ojos la conquistaron. Había tenido miedo de un hombre como ese una vez, pensó, un hombre que podía conseguir que ella hiciera cualquier cosa, pero era la necesidad que veía en él, la necesidad que tan bien encajaba con la suya lo que hacía que ella fuera débil...

—¿No puedes resistirte a mí? –preguntó en tono malévolo.

—¿Ha habido alguna vez un hombre más arrogante en la faz de esta tierra?

—Aquí no, seguro –dijo él mirando alrededor–. Estoy en medio de mi habitación.

—Entonces, ven a mí –dijo Lisa sugerente.

¿Debía el sexo empezar con risas o terminar con ellas?, se preguntaba Lisa tumbada entre los brazos de Tino. Acababa de quedarse dormido después del esfuerzo de todo el día.

–Creo que te quiero, Tino Zagorakis –estaba segura de que no podía oírla.

Era todo para ella, todo lo que había soñado, todo lo que había imaginado. Le hacía reír, hacía el sexo divertido y seguro... Y había encontrado un nuevo uso para los pendientes de esmeraldas. Si el joyero llegara a saber dónde habían estado prendidos esos pendientes, nunca dejaría que Tino se los devolviera.

Lisa lo besó con ternura, pero empezó a moverse y empujarla dormido.

–No... no quiero –dijo sacudiendo la cabeza en la almohada.

–¿Qué no quieres, mi amor? –preguntó ella con suavidad.

–No me hagas daño –las palabras salían de él confusas.

Lisa se apoyó en un codo y lo miró sintiéndose alarmada.

–¿Tino? ¿Estás dormido? –estaba dormido y en lo peor de una pesadilla–. Tino, por favor, despierta.

–¡No! –exclamó más alto que antes y la apartó de él.

–¡Tino! –levantó más la voz esperando que así despertara.

–Déjame... Vete... ¡Fuera de aquí!

Supo que estaba dormido, que no le estaba hablando a ella. Encontró en su voz algo que le recordó terriblemente a la comuna. Pero seguro que Tino no había vivido en una comuna. Lo habría sabido, igual que su propia infancia, habría salido a la luz en la prensa sensacionalista y las revistas del corazón. ¿Qué le pasaba? Por lo poco que había escuchado del sueño, estaba claro que alguien le obligaba a hacer algo que no quería y Tino estaba decidido a resistirse.

Ambos tenían terribles secretos encerrados en su interior esperando agazapados para destruir cualquier oportunidad de ser felices.

–¡No!

Se apartó de él, pero el sonido del grito había sido tan angustioso que se volvió a acercar a pesar de lo que se movía. Lanzaba todo tipo de blasfemias en griego. Era como si en su mente dormida, el lenguaje que había estado empleando toda la noche con ella, el lenguaje de los negocios y Shakespeare y el amor, se hubiera borrado de su cerebro.

Cuando finalmente su respiración se acompasó y volvió a estar tranquilo, se acurrucó junto a él y le pasó los brazos de forma protectora alrededor de la cintura. Estuvo mucho rato despierta preguntándose si Stella sabría... ¿Sabía alguien por qué Tino Zagorakis gritaba en sus sueños como un niño maltratado?

–¿Lisa?

Contuvo la respiración mientras se dio la vuelta y sonrió en la oscuridad.

–¿Por qué me miras? –murmuró tan bajito que tuvo que inclinarse para poder escucharlo.

–Estabas soñando.

–Contigo –dijo en tono confidencial, incorporándose para mirarla.

–No –Lisa negó con la cabeza–. Conmigo no, Tino, estabas soñando con otra cosa.

Dio un grito, ese pequeño grito de excitación que daba siempre que él entraba en ella.

–Con esto... debo de haber estado soñando con esto –insistió besándola con fuerza y empezando a moverse.

Capítulo 11

SE QUEDARON dormidos el jueves por la mañana y se despertaron solo veinte minutos antes de la reunión. No hubo tiempo ni para besos ni para caricias, solo chillidos de pánico de Lisa y una expresión divertida en el rostro de Tino al apartarse del camino de ella en su carrera a la ducha.

–Hay espacio bastante para dos –señaló él.

–Oh, no... Sé cómo puede acabar que nos metamos los dos en la ducha. Terminemos con las reuniones y firmemos el contrato.

Con parsimonia, Tino se metió en la ducha y dejó que el cálido chorro le diera en la cara.

–¿No te pone nervioso nada? –dijo Lisa mirándolo.

–Tú, a lo mejor.

Pero ella seguía recordando la pesadilla y le hubiera gustado haber tenido tiempo para haber preguntado sobre ella. Lo dejó en la ducha.

–Te veré en la reunión.

Lisa se sintió obligada a responder algo a la mirada de Mike cuando entró en la sala de juntas. Tenía el pelo mojado todavía y no había habido tiempo para el maquillaje.

–He estado nadando, Mike.

–Por supuesto –dijo Mike tranquilamente–. ¿Zagorakis también ha estado buceando?

–He dicho nadando, Mike. En el mar –en ese momento entró Tino en la sala.

–Siento haberles hecho esperar, caballeros –ninguna explicación sobre el pelo mojado.

Cuando la reunión llevaba justo dos horas, los directores financieros terminaron de presentar sus informes.

–¿Están preparados para firmar el contrato? –preguntó Tino mirándola directamente a ella.

Lisa se volvió hacia su equipo y les preguntó con la mirada. No había objeciones.

–Sí, estamos listos.

El trato se cerró en unos segundos y después hubo una ronda de apretones de manos.

–Si quieren acompañarme fuera a la galería –anunció Tino–, brindaremos por el futuro.

Lisa esperó hasta que se hubo marchado el último taxi. Tino le había propuesto que esa noche cenaran en el pueblo. Estaba excitada por la cena y exultante por la firma, pero seguía preocupada por la pesadilla y todavía no había tenido oportunidad de hablar con él. Esperaba que se negara a hablar sobre ello, pero tenía que intentarlo, alguien tenía que intentar traspasar esa fachada de acero.

La plaza del pueblo estaba llena de gente, pero ella se sentía segura con el brazo de Tino alrededor de la cintura. La llevó hacia un escenario de madera en el centro de la plaza donde un hombre acababa de tomar el micrófono.

–Takis Theodopoulus –explicó Tino en un susurro–. Es uno de los mejores cantantes de folclore griego. Cuando cante te explicará todo lo que necesitas saber sobre Grecia y los griegos.

–Pero si canta en griego no le entenderé.

–Entenderás a Takis Theodopoulus.

Y fue cierto, cuando empezó a cantar le llegó al corazón de una forma que no había conocido antes. Lisa se dio cuenta de lo cautivado que estaba todo el mundo.

Mucha gente sostenía pañuelos blancos en alto y los movían al ritmo de la música. Tino la tomó de la mano y ella lo siguió en medio de la multitud.

–Ahora puedes entender por qué amo tanto Stellamaris –dijo cuando encontraron un lugar tranquilo–. La vida aquí es buena, todo el mundo se expresa tan libremente...

Cuando se miraron, Lisa supo que los dos estaban pensando lo mismo: el pasado les había robado la libertad.

–Tino, hay algo que quiero preguntarte.

–Ahora no.

–¿Por qué? –Lisa estaba preparada para que fuera testarudo, entonces vio el deseo en sus ojos.

–Porque no puedo esperar más.

–¿La floristería? –miró alrededor para asegurarse de que no había nadie mientras la arrastraba hacia la puerta–. No, Tino... es imposible.

–¿Por qué no? No hay nadie. Todo el mundo está en la plaza escuchando al cantante –probó la puerta y vio que no estaba cerrada. La condujo al interior.

Lisa respiró hondo. Podría hasta marearse solo con el aroma de las flores. Todo parecía exagerado en la oscuridad, como si al estar ciega el resto de sus sentidos hubieran aumentado su sensibilidad... Tino la mantenía abrazada a él mientras le murmuraba palabras en su propio idioma junto al cuello.

–¿Estas suficientemente caliente? –murmuró empujando contra ella.

–Tino, no podemos... aquí no. Esto es el negocio de alguien.

No le dijo que todos los negocios de Stellamaris eran suyos hasta que su joven dueño le ofrecía suficiente confianza como para llevarlo por sí mismo. La deseaba ya y no iba a perder el tiempo en explicaciones.

–Tino, por favor, quiero hablar contigo.

–Ahora no.

Podía sentir cómo se ablandaba según le bajaba los dedos por la espalda.

–Aquí –dijo abriendo otra puerta–. Lo único que espero es que no haya astillas –dijo mientras la tumbaba en una mesa de trabajo de madera.

–No creo –dijo sintiendo el suave tejido del vestido debajo de ella. Cerró las piernas alrededor de la cintura de Tino. Ya le había desatado el tanga de lazos.

–Hice una gran compra en ropa interior.

–¿Hiciste?

–De acuerdo, la próxima vez la compraré yo mismo y me aseguraré de que toda se desate como esta.

–Tino... No... de verdad, ¿qué pasa si...?

La calló con un beso, deslizándose dentro de ella.

–No más charla, Lisa –dijo–. Tienes que concentrarte... no hemos cenado todavía y tengo mesa reservada en la taberna a las diez.

–¿Me estás diciendo que tengo el tiempo prefijado? –se echó para atrás para mirarlo–. No me lo puedo creer.

–Créetelo.

La acercó a él doblando las rodillas para lograr una posición mejor y poder entrar más profundamente dentro de ella.

–¿Está bien así?

–Sí, sí, y mucho más caliente.

–La calefacción central nunca falla.

–Solo asegúrate de que no pare –advirtió Lisa en un susurro.

Tino le levantó las piernas y las puso sobre sus hombros, sosteniéndolas de modo que formaran un ángulo más agudo para permitirle un mejor acceso.

–Bien, muy bien –gimió Lisa antes de sentirse trasladada a un mundo de sensaciones como de terciopelo negro.

Tino respondió a todas sus necesidades con un buen catálogo de movimientos y cuando ella sintió la súbita tensión en él, anticipó el momento en que él perdería el control. Ello provocó una inmediata respuesta en ella. Gritando de excitación, sintió que la primera oleada de espasmos les alcanzaba a los dos al mismo tiempo, como un maremoto llevándolos al borde de la consciencia. Y todo ese tiempo, Tino la había sujetado firmemente, manteniendo el movimiento para prolongar su placer todo lo posible.

–Y ahora, a cenar –dijo él cuando por fin se tranquilizaron.

–No estoy segura de que me queden fuerzas suficientes.

–¿Estás bien? –dijo doblando las rodillas para mirarla a la cara.

–No lo sé –admitió con sinceridad–. Estoy...

–¿Agotada? ¿Satisfecha? ¿Contenta?

–Todo eso –estaba agotada, pero nunca tendría suficiente. Y contenta no estaría hasta que no descubriera el misterio de su dolor. Con ternura trazó el contorno de su rostro–. Tino, yo...

Le tomó la mano y le impidió seguir hablando llevándola hasta sus labios para besar la palma.

–Tenemos que darnos prisa o nos quedaremos sin mesa.

–No me creo que nadie te deje sin mesa –se rio Lisa mientras buscaba su ropa interior en la oscuridad.

–No recibo trato especial en Stellamaris.

–Deberías abrocharte los vaqueros antes de irnos –le recordó riéndose contra su boca.

–Y tener botones en la camisa.

Lisa se rio mientras intentaba alisar las arrugas de su vestido. Agarrándola de la mano, la llevó hacia la puerta.

–Tino, por favor... hay algo que realmente quiero preguntarte.

–Lo que sea, pero en la taberna después de la cena. Me has dado hambre.

Pero tampoco pudo preguntarle en la taberna. ¿Cómo iba a sacar el tema de sus pesadillas nocturnas cuando estaban rodeados por docenas de personas que parecían conocerlo?

Las mesas estaban todas cubiertas con manteles azules y blancos que colgaban casi hasta el suelo. Estaban colocadas a una buena distancia unas de otras, lo que permitía una cierta intimidad al mismo tiempo que un clima de fiesta.

–¿Por qué suspiras?

–Porque soy tan feliz.

–No estaba seguro de que fuera un suspiro de felicidad.

–Debes de tener un oído muy desarrollado si eres capaz de analizar un suspiro con este jaleo.

–No tienes ni idea de lo desarrollados que están mis sentidos.

La asustaba con sus percepciones, la excitaba también... y si seguía mirándola se iba a encontrar con que en lugar de refrenar su deseo, lo que acababan de hacer solo había provocado que quisiera más.

–Y ahora sé lo que estás pensando –aseguró él empezando a acariciarle la pierna por debajo de la mesa.

–¡Tino, no! –susurró Lisa al ser consciente de lo que iba a ocurrir mientras la mano subía por su muslo–. ¡Aquí no!

–No hay nada que no pueda hacer –dijo en tono confidencial–. Solo tengo que llegar hasta el borde de la silla y lo descubrirás.

Tino abrió las piernas de Lisa con las suyas. Lisa no podía creer lo que estaba intentando hacerle.

–Tino, de verdad, no puedes... –pero la mano ya había llegado y los dedos habían empezado a funcionar de forma rítmica y convincente.

Cuando un pequeño grito se le escapó, le tendió una servilleta con la mano que le quedaba libre.

–Te prometí una aventura erótica... hunde la cara en la servilleta si no quieres atraer la atención de todos.

Mirando por encima de aquel cuadrado de tela, Lisa descubrió que Tino tenía un gesto como de que aquello a él no le afectaba, lo que la excitó todavía más. Tenía una mirada como si fuera el hombre más inocente del mundo, pero ella sabía que estaba saboreando cada instante. Pero no tanto como ella, pensó mientras se deslizaba un poco más cerca del borde de la silla.

–Pagarás por esto –le prometió con voz ronca.

–Eso espero. Concéntrate. Otra vez tienes el tiempo prefijado, están a punto de traer el café.

Después del café, Lisa bailó con él una música lenta y sensual.

–Creo que es hora de irse –murmuró Tino llevándola de la mano fuera de la pista de baile.

Cuando se iban, un hombre se acercó a Tino y le dijo algo en griego.

–Los hombres van a bailar el *Kalamatianos*. Me han pedido que me una a ellos. Sería un insulto a mis amigos rechazarlos.

Una vez más no podía hablar con él. Volvió a su sitio. La danza tradicional era tan poderosa y agresivamente masculina que Lisa empezó a encontrarla intimidatoria. Miró a las mujeres de alrededor y vio lo poco afectadas que estaban. Cuanto más veía más trataba de decirse que solo era un baile. La expresión de los ojos de algunos de los bailarines le recordaba a la de los hombres de la comuna. No podía más... Ni siquiera se dio cuenta de que la música había parado. Empezaron las ovaciones y Lisa salió buscando la salida, tropezándose y cayendo de rodillas al suelo.

–Lisa –dijo Tino tras ella, agarrándola antes de que llegara a la calle.

–¡Déjame ir! –trató de zafarse pero era demasiado fuerte para ella.

–Lisa, ¿qué pasa? –la abrazó.

–Deja que me vaya, Tino.

–Estás temblando.

–No, estoy bien.

–Entonces, ¿por qué huyes de mí? –la apoyó en la pared con sus brazos a los dos lados–. Dime qué pasa, Lisa. Mírame –golpeó la pared con frustración.

–¿Por qué? ¿Quieres asustarme con eso?

–¿Qué? –estaba pálido–. ¿Es eso lo que piensas de mí? ¿Es eso lo que crees que quiero hacerte, Lisa? No –se dio la vuelta.

Se suponía que tenían que hablar sobre él, se regañó Lisa, no sobre ella. ¿Qué había hecho? El temor le hacía débil, había perdido el control con un hombre por primera vez en su vida, estaba siendo utilizada para el sexo como lo había sido su madre. Nunca se quitaría eso de encima y Tino necesitaba a alguien completa, alguien no tocada por las sombras, alguien que pudiera ayudarle, algo que ella nunca podría hacer.

–Tienes razón –exclamó Tino antes de que Lisa tuviera oportunidad de decir algo sobre lo que estaba pensando–. No se me da bien esto, te llevaré de vuelta –levantó la mano y después, recordando cómo estaban las cosas entre ellos, la dejó caer de nuevo.

Para cuando las primeras luces del amanecer empezaban a asomarse al balcón, Lisa estaba terminando de hacer el equipaje. Lo primero que haría el lunes sería llamar a las boutiques y averiguar cuánto dinero le debía a Tino. El baile de los hombres en la taberna había sido el punto de inflexión, cuando se había dado cuenta de que nunca tendrían un futuro juntos.

–¿Te importa que entre?

Lisa abrió los ojos de sorpresa al ver a Tino entrar a su habitación desde el balcón.

–Adelante, sé mi invitado –trató de parecer desenfadada.

Había esperado no tener que volver a verlo antes de irse, así sería más fácil. Le seguía queriendo tanto que le dolía el corazón. No podía herirlo, nunca podría y si se quedaba sabía que lo haría.

–Te pagaré todo.

Hizo un gesto para que se callara.

–Querías decirme algo anoche, Lisa, pero nunca hubo ocasión.

–Ya no importa –apartó la mirada. Tenía que irse porque lo amaba y no quería causarle más sufrimiento.

–He oído que te vas alrededor de mediodía.

–Sí, así es.

–¿Desayunamos juntos antes de que te marches? Queda mucho tiempo.

–No –pudo ver su sorpresa por lo fuerte de su rechazo–. No tengo hambre.

–No hace falta tener hambre para disfrutar de un desayuno mirando al mar.

–Es demasiado temprano.

–Pero si siempre te gusta ver salir el sol por encima del mar.

–Normalmente sí, pero hoy... creo que es mejor que hagamos un corte limpio.

–¿De verdad crees eso?

–Todavía tengo algunas cosas que recoger.

–¿No puedes dejarlo un momento?

–No puedo dejar así la habitación –dijo mirando a su alrededor.

–Le prometí a Stella que vendrías.

Respiró hondo y miró por el balcón. No podía dejar Stellamaris sin despedirse de Stella. Tenía que aceptar, pensó Lisa. Tino no le había dejado otra salida que desayunar con él. Se volvió a él.

–Juegas sucio, Tino.

–Sí, lo sé.

–¿Me das unos minutos para recoger esto?

–Te daré todo el tiempo que necesites.

–¿Un cuarto de hora? ¿Al lado de la piscina? –no esperaba que la abrazara. No esperaba que su fuerte aroma invadiera sus sentidos–. ¿Sí? –se sentía débil–. ¿Qué pasa, Tino?

No dijo nada, solo la abrazó y después, como si aceptara que entre los dos se había terminado todo, la soltó y se quedó de pie.

–Me alegro de que las cosas hayan ido bien para ti, Lisa.

–Te veo abajo –mantuvo el tono en la voz y se quedó completamente quieta hasta que salió de la habitación.

No se dio cuenta de que se estaba mordiendo el labio inferior para evitar pedirle que volviera hasta que notó el sabor salado de su propia sangre.

Capítulo 12

FUE EL sonido del piano lo que hizo que Lisa se sentara entre las sombras en una curva de la escalera para intentar ver quién tocaba, aunque en su corazón ya lo sabía. Cada pianista tenía su propio sonido que confería algo de su personalidad a una composición... ¿Cómo podía haber juzgado tan mal a Tino? ¿Cómo podía haber atribuido la presencia del piano a cualquier otro... a alguien con más corazón?

Era un gran intérprete, mejor de lo que él decía que era, algo reseñable para un hombre que había aprendido de adulto. Su sensible forma de tocar arrancaba una increíble gama de sonidos al viejo instrumento, pero justo cuando se sentía transportada por la música, Tino alzó las manos y golpeó pesadamente las teclas con los puños. Se preguntó si la habría descubierto. Contuvo la respiración, pero él se levantó y salió deprisa al exterior de la casa. Bajando las escaleras, Lisa pensó que el episodio musical era una excelente banda sonora para su aventura con Tino. Ambos sensibles y apasionados, pero siempre surgía alguna disonancia entre los dos. Por eso no tenían futuro juntos. El corazón le golpeó en el pecho cuando vio que la estaba esperando. Solo una silueta en la sombra. Caminó hacia él temblando ligeramente.

—¿Vienes conmigo a buscar a Stella?

—Claro.

Justo cuando iban a empezar a hablar, un hombre se acercó corriendo a ellos desde la casa.

—¿Me disculpas, Lisa? Me temo que ha ocurrido algo.

–No te preocupes, iré con Stella.

–Me uniré a vosotras después.

Tino se fue corriendo y ella siguió su camino.

–¡Lisa! ¡Qué grata sorpresa! –exclamó Stella saliendo de la cabina del funicular y abrazándola. La miró a la cara–. ¿Qué ha pasado?

–Nada.

–No te creo. ¿Dónde está Tino? –añadió mirando alrededor.

–Han venido a llamarle y se ha ido.

–Ah –Stella la miró pensativa–. ¿A qué se debe ese tono de resignación en tu voz? ¿Se te ha terminado toda la capacidad de luchar?

–¿Crees que debería haberle tirado al suelo como en el rugby? –Lisa sonrió ligeramente.

–No puedes dejarle que lo haga todo a su manera –dijo con una mirada malévola.

–La próxima vez –prometió Lisa sin mucha convicción.

–¿Así que va a haber próxima vez?

–No, Stella, hoy es mi último día en Stellamaris.

Stella suspiró mientras le ofrecía el brazo a Lisa.

–No seas impaciente con Tino, Lisa, es un hombre muy ocupado.

–No estoy impaciente –solo disgustada, triste y enfadada conmigo misma por pensar que podía haber sido de otro modo.

Lisa se escabulló del brazo de Stella. Tenía que quitarse a Tino de la cabeza, pero con Stella... Después del desayuno volvió a salir el tema.

–No estoy disgustada –mintió Lisa–. Me invitó a desayunar, simplemente creo que debería haber hecho el esfuerzo de estar.

–Es un buen hombre, Lisa.

Lisa desvió la mirada. Stella le tomó la mano.

–No... –Lisa apartó la mano–. Me pondría a llorar.

–¿Y qué si lo haces? ¿Qué tiene de malo llorar? – buscó en el bolsillo, sacó un pañuelo y se lo tendió–. Algunas veces las vistas de Stellamaris son suficientes para hacerme llorar... y otras veces mis recuerdos son suficientes. Otras veces lloro porque soy tan feliz, como cuando Giorgio me dijo que amaba a Arianna. Yo no me avergüenzo de cómo me siento. Y soy griega –dijo con una sonrisa malévola–, así que, naturalmente, siento las cosas muy profundamente, como hacemos los griegos. Tenemos ganas de vivir, Lisa... pasión.

–Yo tengo todas esas cosas dentro de mí, Stella –la voz de Lisa era desesperada–, pero no sé cómo dejarlas salir.

–Entonces debo ayudarte –dijo acariciándole el brazo.

–Nadie puede hacerlo.

–¿Cuántos griegos conoces?

La expresión de Stella le hizo sonreír.

–Muy pocos y demasiados.

–¿Tino? –preguntó Stella–. ¿Él es el demasiado?

–Sí –admitió Lisa–, aunque en realidad no le conozca.

–¿Qué quieres saber de él? ¿Quieres que te diga que es el hombre más maravilloso que nunca he conocido? ¿No? ¿Por qué niegas con la cabeza, Lisa? ¿Crees que eso es increíble? Déjame contarte algo sobre Tino. Pagó los estudios de música a Arianna, sin él su maravillosa voz nunca se habría conocido. Y me dio a mí más de lo que te podría contar... Mucho más que dinero. Tino es el hijo que nunca tuve. El bloque de pisos donde vivo cuando estoy en Atenas y la casa de aquí, me los dio Tino. Me dio el bloque completo, Lisa –Stella se llevó la mano al pecho para expresar su emoción–. ¿Todavía frunces el ceño? –sacudió la cabeza.

–Solo es que no puedo creer que estemos hablando del mismo hombre. Me dijiste que habías conocido a Tino desde siempre, así que debiste de conocer a su familia. ¿Podrías contarme algo de ellos para así poder entenderle mejor?

–¿No te ha hablado Tino sobre su pasado? –dijo cambiando el gesto.

–Sobre su familia, no.

–Entonces yo tampoco, lo siento, Lisa. Solo Tino puede hablarte de su pasado.

«Y nunca lo hará», estuvo segura Lisa.

–Siento mucho haberlas abandonado, señoras.

–Tino –a Lisa le dio un vuelco el corazón al verlo–. No estaba segura de volverte a ver.

–Querían que revisara una cosa dentro de la casa...

–Hemos desayunado sin ti –lo interrumpió Stella–. No sabíamos cuánto tardarías, Constantino.

–Lo siento, *ya-ya* –la abrazó y le dio dos besos en las dos mejillas.

–Fuera lo que fuera –dijo Stella–, estoy segura de que era importante por tu cara, así que te perdono, Constantino.

–Era importante, *ya-ya*, era de la máxima importancia.

A Lisa se le hizo un nudo en el estómago, ¿por qué la miraba a ella?

–¿No habrás vuelto a pensar lo del contrato, verdad?

–De vez en cuando pienso en cosas distintas de los negocios, ¿sabes? –dijo sonriendo.

–Pero no con la suficiente frecuencia –observó Stella–. Y ahora, si me perdonáis los dos, me gustaría dar un paseo por los jardines para asegurarme de que tus flores serán las mejores en el concurso de esta noche.

–Claro –Lisa la miró–. El taxista me dijo que llenáis las casas de flores la fiesta de mayo.

–No hasta más tarde –explicó Stella–. Después de la siesta habrá un desfile por el pueblo y después, cuando todas las casas estén decoradas, habrá una fiesta en la plaza.

–Otra fiesta –sonrió Lisa.

–La vida puede ser dura –Stella se encogió de hombros–. Los griegos celebramos todo lo que podemos –

apoyó la mano en el brazo de Lisa–. Tú también tienes que dedicar tiempo a ser feliz, Lisa.

–¿Te veré antes de irme?

–Estoy segura de que nos veremos.

Lisa tuvo ganas de abrazarla y rogarle que no se fuera. Se quedó mirándola mientras se alejaba.

–Me han dicho que tu maleta sigue arriba.

Lisa dio un respingo.

–Lo siento, la olvidé. Tengo que bajarla.

–No te preocupes. Lo haré yo. Solo dime dónde está. ¿Estás pensando en los negocios otra vez? –preguntó al ver que no respondía.

–En realidad, estaba pensando en cambiar de vida.

–¿Cambiar de vida? Eso es algo trascendental, ¿verdad?

–Sí, lo es. Pero Stella Panayotakis habla con mucho sentido... Me ha hecho pensar, me ha hecho revaluar cada cosa. ¿Es Stella pariente tuya, Tino?

–Como si lo fuera.

–*Ya-ya* significa...

–Abuela. Lo sé, Lisa. Sobre esos cambios... –abrió la puerta para que entraran a la casa–, dime algo de ellos.

–Nunca renunciaré a mi puesto en Bond Steel –empezó despacio, pensando en alto–, pero estoy rodeada de gente con mucho talento y, con esta inyección de liquidez, es difícil que me necesiten en el trabajo diario. El trabajo ya no es suficiente para mí –se encogió de hombros y esbozó una sonrisa irónica–. Antes de que me lo preguntaras todavía no sabía lo que quería hacer. Déjame decirte que Stellamaris me ha hecho codiciosa... y no me mires tan preocupado –añadió con sequedad–. Lo que quiero los dos sabemos que tú no puedes dármelo.

–¿Y qué es? –preguntó Tino siguiéndola por dentro de la casa.

–Quiero estabilidad, una visión más amplia de la vida, un futuro a largo plazo para buscar... Y no quiero nunca dejar de trabajar.

–Me encanta oírte.

–Solo quiero dejar espacio en mi vida para otras cosas.

–Ya estamos –dijo Tino abriendo la puerta de la habitación de ella–, solo dime dónde está tu maleta y la bajaré yo.

Lisa se quedó sin respiración, después entró en la habitación y describió un círculo completo.

–¿Qué es esto?

–Flores –dijo Tino–. ¿Recuerdas? Dijiste que las flores serían algo especial. ¿No te gustan?

–No sé qué decir –cualquier espacio de la habitación estaba cubierto de las más hermosas flores que Lisa hubiese visto. Le hubiera gustado que fueran para ella, pero entonces recordó–. Claro, es la fiesta de mayo –se volvió y dedicó a Tino una breve sonrisa, durante un momento había imaginado... Se encogió de hombros–. Lo siento, Tino, no debería tenerte esperando así. Mi maleta está detrás de aquella silla –vio que una sombra cruzaba su rostro–. Las flores son realmente maravillosas –dijo al ver que él no se movía–. Tenéis unas tradiciones preciosas.

–Sí, las tenemos.

Su voz sonaba sin expresión. Notó que sus ojos eran la única parte de su cuerpo que expresaba emoción, y lo que vio en ellos le dio miedo. Lisa pensó que con su propia indecisión lo único que hacía era empeorar las cosas. ¿A qué estaba esperando?

–Espero que mi taxi ya haya llegado –pasó al lado de Tino, agarró la maleta y fue hacia la puerta, casi había llegado al pasillo cuando tiró de ella hacia dentro de la habitación.

–¿Qué haces? –dijo Lisa mirando con desagrado la mano en su brazo–. ¿Qué te pasa, Tino?

–¿Qué me pasa? –cerró de un portazo–. Eso me pasa –dijo señalando la habitación.

–¿Las flores? –preguntó Lisa desconcertada soltando la maleta.

–¡Sí! ¡Las flores! ¿A qué más podía referirme?

–Ya te he dicho lo bonitas que eran...

–¿Bonitas? –miró a lo lejos como si necesitara tiempo para recomponerse, dijo algo en griego.

La sensación de que había cometido un terrible error no le llegó a Lisa de repente, como un trueno, fue algo más paulatino como si se le fuera helando la sangre hasta llegar al corazón: las flores eran para ella... ¡Claro, eran para ella! Cualquier mujer normal se hubiera dado cuenta nada más abrir la puerta.

–Tino –Lisa notó que se le había secado la garganta y casi no se la oía–. Lo siento tanto. No me di cuenta... son tan hermosas.

–Creía que era esto lo que querías –se detuvo y se pasó una mano por los ojos.

–Estoy tan avergonzada... pensé...

Tino se dio la vuelta para enfrentarse a ella.

–Debes avergonzarte. Eres como todo el mundo. Me dices que no quieres joyas, que prefieres las flores... entonces te regalo flores, te desagrada y desprecias mi regalo.

–Tino, por favor, escúchame.

–Será mejor que no hagamos esperar a tu taxi –no la miró–. Si tu piloto pierde su horario, no podrás irte hasta la noche.

Lisa se puso el cinturón de seguridad mientras el avión despegaba por encima de las nubes de Stellamaris. De camino al aeropuerto, había visto a niños sentados en carretas llenas de flores. El coche había sido obligado a detenerse, así que no se había perdido ni un detalle del desfile. Para hacer las cosas más difíciles, cuando había ido a despedirse de María, le había dicho que Tino se había levantado muy temprano para elegir las mejores flores para ella. Había subido los ramos a su habitación mientras desayunaba con Stella sin confiar en nadie para hacerlo.

Hacía daño a todo el mundo que le importaba. Su madre lo había sacrificado todo por ella y Jack Bond, un hombre al que aún le costaba llamar su padre, había buscado en ella un amor que nunca le había dado. Tino le importaba demasiado como para quedarse; además él le había dejado muy claro que no la quería en su vida. Los negocios eran lo suyo, era buena en ellos. Tenía que aceptar que había cosas en la vida que nunca dominaría y el amor era una de ellas.

Sentado en su estudio, Tino sintió que la sospecha de que le habían liado se incrementaba con el sonido del avión de Lisa por encima de su cabeza. Las emociones no tenían lugar en los negocios y había cometido un error fundamental dejándose llevar por ellas, Solo había que ver las flores para darse cuenta de que se había vuelto loco... ¿Le había utilizado para el sexo? ¿O había utilizado el sexo para asegurar el trato? Daba lo mismo, no podía dejar que se fuera...

Esa vez no llamó al timbre ni esperó pacientemente a que abriera el ama de llaves, sino que golpeó la puerta con el puño y gritó su nombre por la hendidura del buzón.

–Bueno, ya voy... –Lisa se apoyó contra la pared para dejar pasar a Tino–. Me alegro de verte –añadió mientras lo seguía al interior de su estudio–. ¿Quieres algo de beber? –dijo mirando a su propia copa de champán pensando que estaba soñando.

–¿Celebrando algo, Lisa?

Nunca lo había visto así.

–¿Puedes hablar un poco más alto? Casi no te oigo.

–He preguntado si estabas celebrando algo, Lisa.

Era la noche libre de Vera y aquella visita de Tino parecía como irreal. Era difícil de creer lo mucho que le afectaba. Tenía que mirarlo para creerse que no estaba soñando. Se sentía jubilosa, pero dominó la precaución, además la expresión de su rostro tampoco invitaba al entusiasmo. Podría haberse sentido intimidada, pero en lugar de ello se sintió triste, triste por los dos. Estaban los dos tan heridos emocionalmente que solo sabían expresarse en los negocios. Así que Lisa decidió mantener la situación en un tono impersonal.

—Me alegro de que hayas venido —dijo manteniendo la puerta abierta—. Estaba deseando tener una oportunidad para decirte lo que siento lo de las flores.

—¿Las flores?

Al ver el gesto de Tino, Lisa se dio cuenta de su error. No podían importarle tanto las flores, tenía que haber algo más importante en su cabeza, ¿su orgullo, quizá? Y entonces se dio cuenta de que seguía con la copa de champán en la mano.

—Estaba brindando por mi nueva vida.

—¿Tu nueva vida? —la miró con ojos de sospecha—. La última vez que hablamos te referiste a los cambios. Vas deprisa.

Su tono era hostil, pero alguno de los dos debía mantener la calma.

—Son tantas cosas, Tino —dijo sin darle importancia—. ¿Por qué no te unes a mí con una copa?

En lugar de contestar siguió de pie, rígido.

—Bueno, ¿qué haces aquí? —preguntó deseando que dijera algo.

Sacudió la cabeza, su rostro era una máscara rígida.

—Tienes un descaro...

—¿De qué estás hablando? —dijo Lisa a la defensiva.

—¿De verdad te crees que puedes utilizarme?

—¿Utilizarte? —todas las ideas de calma de Lisa se evaporaron—. ¿Y cómo se supone que te he utilizado?

—Creo que ya lo sabes. ¿Qué soy yo para ti, Lisa, una especie de recurso para exorcizar tus fantasmas?

–¿Mis fantasmas? –lo miró fijamente– ¿O es que hay algo más? No me lo digas... –levantó la mano– ...olvidé firmar algo –miró acusadora al bolsillo de la chaqueta de Tino–. Bueno, ¿a qué esperas?

–¿Es eso lo que piensas de mí? –dijo en tono glacial.

–Pienso que te entiendo muy bien, sí.

–¿Entenderme? No entiendes nada.

Tino no podía creer que aquello estuviera pasando, no podía creer que ella pudiera despertar tantos sentimientos en él. Era lo último que había querido; las emociones eran su bestia negra, algo que evitaba a toda costa porque no las entendía. No tenía habilidad para manejarlas.

Se dio la vuelta sintiendo cómo la frustración crecía de nuevo en su interior. No podía encontrar las palabras para expresar sus sentimientos y todo lo que sabía era que ir a ver a Lisa había sido el peor error que podía haber cometido.

–No sé por qué has venido –le dijo.

¿Cómo se lo iba a decir si él tampoco lo sabía?

–Creo que es mejor que te vayas ahora y no vuelvas nunca.

¿Había alguien más? ¿Estaba celoso? El pensamiento se abrió camino hasta la boca.

–¿Hay alguien más?

–¿Qué? –lo miró incrédula.

–No me lo ocultes, Lisa. Si has encontrado a alguien al volver a Inglaterra, solo dímelo –su voz sonaba ronca, era el precio de exponer sus pensamientos más íntimos.

–¿Alguien más? –mientras se miraban, apreció que la expresión de los ojos de Tino cambiaba.

Aquél no era el formidable oponente en los negocios que ella conocía. Aquéllos eran los ojos del niño encerrado en la pesadilla. Durante unos segundos fue como si todas las barricadas que Tino había levantado frente al mundo, frente a ella, hubieran desaparecido; pero las volvió a levantar tan deprisa..

–No hay nadie más, Tino. No puede haber nadie.

–Así tu vida estará siempre vacía.

–Es mejor así, sería irresponsable implicar a alguien en mi vida. No tengo nada que ofrecer.

–Te equivocas, Lisa –Tino hablaba desde el corazón, las imágenes de Stella y Arianna llenaban su mente–. Has tenido una vida vacía, lo comprendo. Pero puede ser mejor, te lo prometo.

–¿Me lo prometes, Tino? ¿Qué me prometes? ¿Que en su momento aprenderé a cuidarme tanto como tú?

Usaba el sarcasmo como un escudo y él se lo merecía.

–Reconozco que aún tengo un largo camino por recorrer, pero al menos he empezado el viaje... –se detuvo–. Y no es tan malo.

–Entonces lo único que puedo decir es que eres muy afortunado, Tino... pero yo sé que dejar a la gente entrar no es para mí.

–Pero estabas brindando por tu nueva vida.

–Nuevos pasatiempos, nuevas ocupaciones en Bond Steel, una sola balsa salvavidas de implicación personal ahora sé que puede acabar en desastre.

–¿Una balsa salvavidas?

–Sabes a lo que me refiero –estaba decidida a no volverse a meter en un ping-pong emocional.

–Háblame de esos cambios.

–Todavía ni yo estoy segura de ellos –no podía ver ni una sombra de sonrisa en su rostro y eso fue bastante como para preguntar–. ¿Te apetece ahora la copa?

–¿Antes de irme?

Le estaba tomando el pelo con elegancia, pensó Lisa, para seguir allí.

–Sí, ¿champán está bien? –dijo mirando al lugar donde se alineaban las copas.

–¿Lalique? –murmuró Tino, pero por si ella había pensado que estaba impresionado, añadió–: ¿Tienen polvo?

–Lo dudo –sonrió también–. Vera me cuida demasiado bien como para que algo de aquí lo tenga.

–Bueno, venga –presionó–, estoy esperando escuchar esos cambios en tu vida...

–Como te he dicho, no estoy segura, Tino.

–Creo que haríamos mejor en hacer un brindis general –sugirió con sequedad.

Le acercó la copa con mucho cuidado de no tocarle al dársela.

–Por nosotros –dijo él.

–Por nosotros –respondió Lisa mirando por encima de su copa–. ¿Por qué no te sientas?

Señaló al sofá donde pensó que estaría sentada ella cuando había llegado. Había un pequeño chal para echarse por encima del pijama en el respaldo y un par de ridículas zapatillas de peluche debajo. De pronto se dio cuenta de que estaba descalza y de que las uñas de sus pies estaban pintadas de rosa. Dejó la copa en la mesa y la miró, se dio cuenta de que ella quería decirle algo.

–¿Lisa? ¿Qué ocurre?

–Sobre las flores...

Cuando había llegado al apartamento y había tratado de disculparse él no había estado muy afortunado. Ya era diferente, estaban más tranquilos... y lo menos que le debía a ella era la posibilidad de explicarse.

–Las flores fueron especiales, Tino, muy especiales, lo mismo que la intención que había tras ellas. No puedo creer que no me diera cuenta de que eran tu regalo para mí.

La forma en que lo estaba mirando, con una mirada abierta y sin velos, tocaba algo muy dentro de él que hacía que quisiera ir hacia ella y abrazarla.

–No podía creer que hicieras por mí una cosa como esa, algo que nadie haría.

Hizo un gesto de desamparo, como si estuviera intentando encontrar las palabras adecuadas.

–¿Quieres sentarte conmigo? –sugirió él.

–No, mejor no. Y, Tino, el brindis que hemos hecho –frunció el ceño mientras miraba su copa–, cuando he dicho «por nosotros», por supuesto quería decir «por nosotros» independientemente.

–Por supuesto –mantuvo el gesto neutro–. Nosotros independientemente –añadió en tono seco.

Esa incomodidad entre ellos era nueva. Podían estar cómodos alrededor de una mesa de reuniones, pero ese andar de puntillas el uno con el otro era algo nuevo.

–No puedo soportar que me hagan daño, Tino.

Una confesión tan franca le puso en alerta. Lo estaba mirando totalmente ajena a que tenía los brazos alrededor suyo en una postura totalmente defensiva.

–Tengo que protegerme.

–¿De mí?

Ella miró a lo lejos.

–Lisa, por favor, créeme... Sé lo que tratas de decirme. La confianza no surge en un instante, se desarrolla despacio, con el tiempo... y eso es así para todo el mundo, no solo para ti y para mí.

–No somos tú y yo, Tino. Eso no puede ser. No somos buenos el uno para el otro. Seguro que ya lo sabes. Necesitas a alguien fuerte.

–¿Cómo sabes lo que yo necesito?

–Te oí gritar por la noche, Tino. Puede que no sepa mucho sobre ti, pero esa noche me demostró que no eres el producto de una niñez normal.

–¿Una niñez normal? –repitió sus palabras con suavidad–. Sea lo que sea eso.

–No pretendo saber qué te pasó, Tino. Solo sé lo que veo delante de mí ahora, lo que oí esa noche era el grito de terror de un niño muy asustado.

–Nadie me ha dicho antes que tuviera pesadillas.

–Puede que no las tuvieras antes.

–Puede que nunca me haya sentido lo suficientemente seguro como para tenerlas –se paró. Había ido demasiado lejos y retrocedió–. ¿Tregua?

–Tregua. No te preocupes –susurró–. No se lo diré a nadie.

–Nunca pensé que lo harías.

Después de un rato de silencio y una disminución de la tensión, lo intentó de nuevo.

–Has dicho que no éramos buenos el uno para el otro. Creo que te equivocas.

Ninguno de los dos se movió durante un tiempo, y entonces, ella le sorprendió yendo a sentarse a su lado. Por un momento pensó que había abierto su corazón a la posibilidad de que había otro camino distinto que vivir sin amor, pero pronto se desilusionó. Lisa cerró los puños y los apretó contra el pecho tan fuerte que los nudillos se le pusieron blancos.

–No hay nada aquí, Tino.

No podía soportar ver esa mirada en los ojos de ella.

–¡No! –¿era esa su voz? Sin pensarlo la atrajo hacia el.

–Por favor, Tino, deja que me marche... No tengo nada dentro... No tengo nada que darte.

–No, Lisa, te equivocas. Puedo ver en tu interior y eres bonita. ¿No lo ves, Lisa? Somos nuestra salvación... –y la abrazó como si no fuera a soltarla nunca.

–¿De verdad crees eso? –dijo temblando entre sus brazos.

Su voz era débil como la de una niña y hacía que le dieran ganas de llorar por primera vez desde que podía recordar... de llorar por los dos.

–Lo sé.

La agarró de la barbilla y atrajo su rostro.

–Sé que es verdad porque te amo, Lisa. Te amo tanto que no te lo imaginas –entonces la besó y fue el principio... Fue como si no se hubiesen besado nunca, una revelación, como volver a casa.

Capítulo 13

CÓMO podía haber olvidado lo maravillosamente que se sentía entre sus brazos?, pensó Lisa. –Ha sido bueno, ¿verdad? –susurró cuando finalmente dejó de besarla.

–Es bueno –la corrigió Tino aún abrazándola–. Mejor que bueno.

–Te amo, Tino.

–¿Me lo estás preguntando o me lo estás diciendo?

Rieron los dos y ella apoyó el rostro en su pecho.

–¿Todavía sueno tan poco convincente? –miró sus labios en una media sonrisa–. Te... amo.

La levantó en sus brazos y la llevó hacia la cama para sellar el pacto que habían hecho. La dejó en la cama, se quitó la toalla que llevaba en la cintura y se deslizó bajo las sábanas para abrazarla. Mientras le acariciaba el pelo, la besó en los ojos, las mejillas, la frente...

–Es maravilloso –dijo él con ternura–. Lo mejor del mundo es estar en la cama contigo.

–Es más blanda que una mesa –bromeó–. La mesa de una floristería –le recordó–, la mesa de la sala de reuniones.

–¿La tuya o la mía?

–Las dos, si sigo mis planes.

–Entonces espero que se cumplan tus esperanzas... me he propuesto que nuestras relaciones nunca sean predecibles.

–Ni hablar... –jadeó Lisa mientras Tino se movía por

la cama besando cada parte de su cuerpo en su camino de descenso.

Tiró de las sábanas de modo que la suave luz de la lámpara de la mesilla iluminara el cuerpo desnudo.

–Eres tan bonita –murmuró trazando los contornos de sus pechos con un suave roce para darle placer–. Quiero saborearte.

Lisa gemía con la cabeza apoyada en la suave montaña de almohadas mientras él se movía entre sus muslos, empujando sus piernas con las palmas de las manos hasta que estuvo completamente abierta para él... completamente preparada... No podía negarle nada a él... tampoco el corazón. Su lengua era tan diestra como sus dedos y no había parte de ella que no entendiera o supiera cómo hacer para conseguir el mayor placer. Cuando su excitación creció hasta la fiebre, se detuvo sonriéndole.

–No me tengas esperando...

–¿O? –exigió saber él.

–Si eres travieso, tendré que castigarte.

La excitación les golpeó a la vez, se miraron y Tino se dio cuenta de que estaban pensando lo mismo. Ambos habían sufrido las consecuencias de la violencia, pero habían manejado juntos sus miedos y eso les había unido mucho más de lo que en un principio habían pensado. Podían atravesar los límites porque se amaban y porque confiaban plenamente y porque se sentían siempre seguros.

–¿Mejor? –preguntó a Lisa más tarde, tumbada entre sus brazos.

–No puedo hablar... no tengo fuerzas –su cuerpo flotaba en otra dimensión.

–¿Han desaparecido todas las sombras?

–¿Sombras?

–Los dos las tenemos –Tino la abrazó moviendo la cabeza para poderla ver–. No puedes esconderte de alguien que se ha pasado toda la vida lavando su pasado.

–Eso funciona en las dos direcciones, Tino.

–Sé lo de la comuna –dijo–. Sé las cosas terribles que viste mientras viviste allí. Entiendo tus razones para huir y para volver con tu padre. Hiciste bien, Lisa. Y, al final, tu madre hizo lo mejor para ti. Ningún niño debería estar expuesto al peligro al que tú estuviste expuesta y creo que ella te ayudó a huir en el momento justo.

–¿Quién te ha contado todo eso?

–¿Importa?

Tenía que haber sido Mike, pensó Lisa. Era el único que lo sabía.

–No te enfades con Mike –dijo Tino como si le leyera la mente–. Solo quiere lo mejor para ti.

–No me enfado. Es que nunca hablo del pasado cuando alguien piensa que busco simpatía o ayuda. Sé que nadie puede ayudarme. Solo puedo ayudarme yo.

–Si lo pensaras más como comprensión que como simpatía, podrías encontrar a personas como tú. Puedes compartir el camino de salida con más gente, Lisa. Gente que esté también intentando liberarse del pasado.

–¿Contigo, Tino?

–¿Por qué no? ¿Porque la vida de tu madre fuera un caos no vas a poder ordenar tu propia vida?

–Estoy mejor.

–Estás mejor porque sabes que puedes confiar en mí y sabes que la violencia nunca aparecerá en nuestra relación. ¿Por qué el sexo no va a ser divertido? ¿Quién puede decir lo que está bien o mal entre adultos que consienten si no se hieren uno a otro? Lo que ocurre entre nosotros en la cama, se queda entre nosotros. Y si no te gusta algo, solo tienes que decirlo.

–Me gusta todo –aseguró Lisa arrimándose a él.

–Todavía no –susurró Tino acariciándole la espalda–. Primero hablemos.

–Primero hablas –dijo Lisa apoyándose en un brazo

para poder mirarlo–. Sabes mucho de mí y yo necesito entender tus pesadillas. Háblame del pasado, Tino.

–No quiero abrumarte.

Le puso un dedo en los labios y negó con la cabeza, en silencio para animarlo a empezar.

–Stella Panayotakis cuidó de mí cuando era pequeño –dijo finalmente.

–¿No te cuidó tu madre?

–No conocí a mi madre... no quiso nada conmigo.

–Tino, lo siento... no tenía ni idea.

–Nadie lo sabe. Ésa es la ironía. Tino Zagorakis, el magnate griego, ni siquiera sabe si es griego.

–Pero tu apellido...

–Lo saqué de la furgoneta que venía al orfanato cada semana, «Servicios de Lavandería Zagorakis», vaya chiste, ¿verdad?

–El orfanato, oh, Tino –eso no era un chiste. Guardó silencio para que siguiera hablando.

–Todo en el orfanato era gris hasta que Stella llegó a trabajar allí. Stella me enseñó que la vida podía ser algo más grande que lo que veía en el orfanato. Me dijo que la vida podía ser excitante, me habló del mundo de fuera, un mundo vivo e intenso y que solo estaba esperando a que yo participara de él. Metió sueños en mi cabeza, y me prometió que todos se cumplirían si creía en ellos... Era difícil, realmente difícil, Lisa... pero Stella consiguió hacerme creer.

–Y cuando triunfaste le regalaste un edificio de apartamentos.

–¿Te contó eso?

–Es tu fan más incondicional.

–Y ahora tengo más planes, mucho más grandes.

El entusiasmo de Tino era contagioso.

–¿Qué planes? Cuéntamelos, por favor.

–Bueno, voy a tener más sitios como Stellamaris.

–¿Más islas?

–Lo siento, es que tú no sabes...

–¿Qué no sé?

–Cuando compré Stellamaris, la llamé así por Stella y luego la usé como mi base.

–¿Tu base? ¿Para los negocios?

–Para mis otros negocios.

–Deja de hablar en clave –ordenó Lisa besándolo en el pecho.

–Llevo gente joven a Stellamaris y también a gente mayor para... para que se conozcan. La isla es un santuario, un lugar para empezar de nuevo y, para algunos, un lugar para empezar. Mucha de la gente de Stellamaris empezó su vida en orfanatos. Me aseguro de que hay actividad allí para todos y de que Stella les visite con frecuencia. Stella fue mi inspiración y ahora es la suya.

–Ahora entiendo por qué estás tan unido a Arianna.

–Stella era madre soltera y todo fue muy difícil para ella. No te muestres tan impresionada, Lisa, no merezco ningún elogio. No hago nada especial... es Stella quien lo hace. Todo lo que he hecho es ofrecerle a la gente las herramientas para ayudarse a sí mismos.

–¿Y ahora? –Lisa lo miró intensamente–. Cuéntame tus nuevos planes.

–No es nada más que una extensión del esquema actual. He acumulado mucho dinero y ahora quiero emplearlo en ayudar a otros como Stella me ayudó a mí. Quiero extender mi programa por toda Grecia para empezar.

–Nada demasiado ambicioso, entonces –dijo Lisa acariciándolo.

–Muy ambicioso –admitió Tino–, y por eso necesitaré a alguien a mi lado. Ni siquiera puedo empezar el trabajo sin haber encontrado a esa persona especial... alguien que comparta mis objetivos, mis deseos, mis sueños. Alguien que sepa lo que se siente cuando se está al otro lado. ¿Quieres tú ser esa persona, Lisa?

-Leía algo sobre ti, vi tu fotografía... y el rest
ria.
-Supongo que estabas decidido a doblegarme, ¿
? –le acusó con cariño–. Puedo verlo en tu cara.
-Puede ser... –confesó Tino con una sonrisa.
Ésa era la cuestión. Eran tan parecidos que po
se el uno al otro como libros abiertos. Pero h
algo más lo que le había llevado ese día a las
de Bond Steel. Cuando había escuchado po
ra vez la historia de Lisa, algo dentro de él habí
do conocerla. Con una historia como la suy
esitaba más de una vida para contarla. Con
ca hacía falta, simplemente lo entendía. Solo s
completo cuando ella estaba con él, y despué
niños... una familia, lo único con lo que siemp
soñado cuando era un niño en el orfanato. T
odía creerse la felicidad de la que disfrutaba g
sa, Elena y Lucas. El amor de una mujer era
so, pero el amor de una familia era el mayor
dos.

–¿Me estás ofreciendo un empleo?

–¿Se te ocurre alguien más cualificado para esta tarea que una mujer de negocios de éxito que ha reconocido que puede delegar alguna de sus tareas en otras personas del equipo de Bond Steel, una mujer que acaba de descubrir que tiene corazón, una mujer que sabe lo que es ser una paria, una mujer de principios, una mujer que ha declarado recientemente que está buscando un cambio radical en su vida?

Lisa cerró los ojos y se tomó tiempo para la respuesta.

–¿Todo eso –le acarició la cara– y un nuevo empleo en una sola semana de trabajo?

–Exactamente como planeamos. Formamos un gran equipo.

–¿Y si yo estuviera buscando algo más?

–¿Algo más?

–Algo más que solo un empleo, algo más que simplemente unirme a tu organización para ayudarte con tu nuevo proyecto –se puso rígida al notar que Tino se echaba sobre ella para buscar entre su ropa–. ¿Qué haces?

–Buscar una cosa.

Al ver la cajita de terciopelo, Lisa exclamó:

–Se supone que tenías que devolverlo.

–No pensarías que iba a devolverlo después de que lo hubieras usado.

Lisa se ruborizó al recordar dónde lo había usado.

–Quizá no.

–Oh, mira, aquí hay otra –ahora había dos cajas de terciopelo–. Ahora, ¿cuál eliges?

–Dicen que las mejores cosas vienen en paquetes pequeños.

–No siempre.

–Pero puede que sea cierto esta vez.

–¿Por qué no abres la caja pequeña y lo compruebas?

Lisa abrió la caja. El anillo de esmeraldas era perfecto para hacer juego con los pendientes.

–¿Qué es esto? ¿Un adelanto por el primer mes?

–Si quieres.

–Entonces, ¿qué voy a pensar?

Tomó su mano izquierda y probó el anillo en el dedo
de la alianza matrimonial.

–Es perfecto. Ah, hay una cosa más.

–¿Sí? –Lisa casi no podía apartar la mirada de la in
creíble joya.

–Cuando estemos en la cama –continuó Tino– n
habrá más conversaciones sobre sueldos o negocios. E
nuestra vida privada solo tú y yo y nuestro amor será
tema de conversación.

–Nuestro amor...

–No podríamos casarnos sin él.

–¿Casarnos?

–Va a haber otro contrato además del de tu negoci

–No solo otro contrato –arguyó Lisa–. El contrat
más importante de todos.

–Entonces, ¿aceptas el trato? –Tino empezó a so
reír.

–Seguro que te daré alguna respuesta –promet
mientras él se inclinaba para besarla de nuevo.

NO, NO, NO... –tirada en el suelo
abiertas, Lisa negaba con el dedo

–Así no... Tienes que hacerlo a
Tino, levantando a su hijo en los hombr

En vez de llorar de frustración, el ni
gritaba de alegría mientras Tino galopab
ción.

–Venga, vamos a reunir las piezas de
sugirió Lisa al hada que tenía a su lado

Elena recogió el puzle con seriedad
estado la interferencia de su hermano
biera insistido en llevar una corona y
ras hacía el rompecabezas, hacía p
Elena crecería con la mezcla justa de
rute de la vida.

¿Quién hubiera imaginado que
irse en semejante hombre de famili
loso? ¿No lo era también la nueva t
rabajo a un buen grupo de jóvene
inguno de los dos había cerrado n

–Te veo muy pensativa –obser
u lado con Lucas en sus hombros

–Estaba solo agradeciendo qu
ruzaran –admitió Lisa–. Fue al
ino.

–¿Capricho del destino? –l
eunión no fue un accidente, Lis

–¿Qué quieres decir?

Aunque habían pasado ya diez años desde que Tiarnan Quinn la rechazara de un modo humillante, las heridas de la famosa modelo Kate Lancaster aún no se habían cerrado. Podía tener a cualquier otro hombre, pero aquel millonario con el corazón de hielo tenía algo que hacía que le flaquearan las piernas, y cuando la invitó a pasar unos días en su lujosa villa de la Martinica no fue capaz de negarse.

Sabía que Tiarnan no podía darle lo que quería, amor verdadero y una familia, pero, durante esos días de relax con sus noches de pasión en aquel paraíso tropical, empezaría a descubrir que tras la pétrea fachada se escondía un hombre muy diferente.

AMANTE SIN ALMA
ABBY GREEN

Acepte 2 de nuestras mejores novelas de amor GRATIS

¡Y reciba un regalo sorpresa!

Oferta especial de tiempo limitado

Rellene el cupón y envíelo a
Harlequin Reader Service®
3010 Walden Ave.
P.O. Box 1867
Buffalo, N.Y. 14240-1867

¡Si! Por favor, envíenme 2 novelas de amor de Harlequin (1 Bianca® y 1 Deseo®) gratis, más el regalo sorpresa. Luego remítanme 4 novelas nuevas todos los meses, las cuales recibiré mucho antes de que aparezcan en librerías, y factúrenme al bajo precio de $3,24 cada una, más $0,25 por envío e impuesto de ventas, si corresponde*. Este es el precio total, y es un ahorro de casi el 20% sobre el precio de portada. !Una oferta excelente! Entiendo que el hecho de aceptar estos libros y el regalo no me obliga en forma alguna a la compra de libros adicionales. Y también que puedo devolver cualquier envío y cancelar en cualquier momento. Aún si decido no comprar ningún otro libro de Harlequin, los 2 libros gratis y el regalo sorpresa son míos para siempre.

416 LBN DU7N

Nombre y apellido	(Por favor, letra de molde)
Dirección	Apartamento No.
Ciudad	Estado	Zona postal

Esta oferta se limita a un pedido por hogar y no está disponible para los subscriptores actuales de Deseo® y Bianca®.
*Los términos y precios quedan sujetos a cambios sin aviso previo.
Impuestos de ventas aplican en N.Y.

SPN-03   ©2003 Harlequin Enterprises Limited

Deseo

DEREK

Infierno y paraíso

BARBARA DUNLOP

Los planes de reforma que Candice Hammond había hecho para el restaurante eran perfectos, o eso parecía, hasta que apareció el guapísimo millonario Derek Reeves. Discutían por todo y Candice estaba utilizando toda su habilidad negociadora para evitar que su proyecto de decoración acabara convertido en humo.

Derek Reeves sabía qué hacer para vencer siempre; no debía perder nunca la concentración,

ni dejar que nada lo distrajera. Pero la estrategia empezó a resultarle muy difícil de cumplir cuando se quedó a solas con Candice. Fue entonces cuando ambos se vieron obligados a poner todas sus cartas… y toda su ropa sobre la mesa.

Era sexy, atrevido… y solo jugaba para ganar

Bianca

¿Suya por una noche?

Cuando el millonario Matteo Santini compró una noche con Bella Gatti lo hizo para proteger su inocencia del peligroso juego en el que estaba atrapada. Nunca esperó quedarse tan enganchado de la poderosa atracción que sentía por ella o tan sorprendido por su desaparición al día siguiente.

Bella, camarera de hotel en Roma, había escapado de un bochornoso pasado, pero los recuerdos de esa noche con Matteo aún la perseguían. Estaban obligados a acudir juntos a una exclusiva boda en Sicilia y Bella sabía que el implacable magnate querría ajustar cuentas.

Pero cuando volvieron a verse quedó claro que la única forma de escapar sería pasando por la cama de Matteo.

UNA NOVIA SICILIANA
CAROL MARINELLI